Der Tote in
Nachbars Garten

FSC
www.fsc.org
MIX
Papier aus ver-
antwortungsvollen
Quellen
Paper from
responsible sources
FSC® C105338

Günter Fanghänel

Der Tote in Nachbars Garten

Ein Eppertshausen – Krimi

Dieses Buch ist ein Roman. Handlung und
Personen sind frei erfunden.
Alle Straßen- und Firmennamen sind fiktiv.

ISBN: 9783759722492
Herstellung und Verlag: BoD – Books on Demand, Norderstedt
© 2024 Autor und Herausgeber: Dr. habil. Günter Fanghänel,
Eppertshausen.

1. Auflage 2024. Alle Rechte beim Autor und Herausgeber.

1.

Eppertshausen, ein kleiner hessischer Ort mit etwa 6.500 Einwohnern, liegt zentral im Rhein-Main-Gebiet inmitten des Dreieckes Darmstadt – Aschaffenburg – Frankfurt.

Obwohl der Ort gewiss keinen Schönheitspreis verdient, lebt es sich hier sehr angenehm. Es gibt zahlreiche Betriebe und eine sehr gute Verkehrsanbindung in die umliegenden größeren Orte. In den letzten Jahren hat Eppertshausen eine sehr positive Entwicklung genommen, nicht zuletzt wegen einer klugen und vorausschauenden Kommunalpolitik. In vielen Vereinen finden die Bürger ein reiches Betätigungsfeld. Das von der freiwilligen Feuerwehr jährlich am 1. Mai ausgerichtete *Mai-Fire* sowie vor allem die Anfang Oktober stattfindende *Kerb* und der *Settche*sball am Faschingssonnabend sind Höhepunkte im gesellschaftlichen Leben des Ortes.

In den letzten Jahren ist Eppertshausen durch mehrere Aufsehen erregende Kriminalfälle in die Schlagzeilen geraten.[1] In allen diesen Fällen war Kriminalhauptkommissar Lutz Waski Leiter der Ermittlungen. Dieser war zusammen

---

[1] Siehe *Die Tote im Abteiwald*, BoD 2019;
Der Tote in der Dreieichbahn, BoD 2020;
Die Toten bei der Thomashütte, BoD 2021.
Die Tote in der Sauna: BoD 2023

mit seiner Frau Steffi 2019 nach Eppertshausen gezogen.

Steffi und Lutz Waski hatten 2015 geheiratet und waren zuvor beide bei der Kriminalpolizei in Gera beschäftigt, sie als Chefsekretärin der MUK[2], er zum Schluss dort als Oberkommissar.

Steffi stammt aus Eppertshausen und ihre Eltern, Lieselotte (genannt Lilo) und Werner Brenner, beide ehemalige Lufthanseaten, hatten Mitte der 80-iger Jahre des vorigen Jahrhunderts in der Straße *Am Kreuzfeld* ein schönes Zweifamilienhaus gebaut.

Dort ist Steffi mit ihrem Mann Lutz und dem damals einjährigen Tobias eingezogen. Steffis Eltern hatten sich im Erdgeschoss eingerichtet und zuvor richtig viel Geld in die Hand genommen, um die obere Etage für die jungen Leute herzurichten. Es wurden alle Zimmer renoviert, eine moderne Küche eingebaut und das Bad völlig neu gestaltet. Im Gäste-WC gibt es jetzt eine zusätzliche Duschkabine.

---

[2] MUK steht für Morduntersuchungskommission.
Einige Fälle deren Arbeit sind beschrieben in:
Der Tote vom Teufelstal   Bod 2012
Der Tote auf Gleis 2   BoD 2014
Die Tote in Kabine 8032   BoD 2016

Der Umzug nach Hessen wurde auch möglich, weil Lutz die Stelle des Leiters der Abteilung Gewaltverbrechen im Kommissariat K10 der *Regionalen Kriminalinspektion* (RKI) Darmstadt erhalten hatte und zum Kriminalhauptkommissar befördert worden war. Noch während des Umzugs erhielt er seinen ersten Fall, den er mit seinem Team bravourös löste.[3]

Nun waren etliche Monate ins Land gegangen. Das Leben der jungen Familie Waski, vor drei Jahren hatte der damals dreijährige Tobias sein Schwesterchen Cosima erhalten, verlief in normalen Bahnen. Steffi arbeitete halbtags in der Gemeindeverwaltung, die Kinder gingen in die Kita und wurden auch von den Großeltern liebevoll betreut und sicherlich verwöhnt.
Für Lutz waren die letzten Wochen im Dienst ruhig verlaufen und man war endlich dazu gekommen, liegengebliebene Vorgänge aufzuarbeiten und Ordnung in der Aktenablage zu schaffen.

Die Ruhe sollte aber nicht anhalten. Ein neuer Fall kam auf Hauptkommissar Lutz Waski und sein Team zu. Dabei lag der Ausgangspunkt in unmittelbarer Nähe der Wohnung des Kommissars.

---

[3] Siehe: Die Tote im Abteiwald. BoD 2019.

2.

Mittwoch, 5. Juni

Lutz Waski und sein Schwiegervater Werner Brenner waren am Vorabend gegen 23:00 Uhr vom wöchentlichen Spielabend des Skatklubs *Reizende Buben* heimgekehrt. Steffi saß mit ihrer Mutter Lilo noch in der Stube vorm Fernseher. Die Männer berichteten vom Verlauf des Abends. Es waren 23 Spieler gekommen und Lutz konnte den 3. Preis gewinnen. Werner war leer ausgegangen, da er mit 1513 Punkten als achter knapp am letzten Preis vorbeigeschrammt war. Beiden hatte das Ganze aber viel Spaß gemacht.
Die vier unterhielten sich noch ein paar Minuten und dann gingen alle schlafen.

Es war 4:10 Uhr, Steffi und ihr Mann lagen aneinander gekuschelt in tiefem Schlaf, als das Handy von Lutz, das auf seinem Nachtisch lag, klingelte. Verschlafen griff Lutz danach und nahm das Gespräch an.
„Hallo Lutz", ertönte es. „Hier ist Carola Meinert, ihre Nachbarin. Bitte entschuldigen Sie die frühe Störung, aber in unserem Garten liegt ein toter Mann."
„Sind Sie sicher, dass der Mann tot ist?" fragte Kommissar Waski zurück.

„Ich denke schon", lautete die Antwort, „Vor etwa zehn Minuten ging unsere Alarmanlage los und das Außenlicht schaltete sich ein.
Da Silvio zu einer Tagung in München ist und Tim wohl wieder bei seiner Freundin übernachtet, bin ich allein im Haus. Natürlich bin ich sofort aufgestanden und habe die Türen und Fenster kontrolliert. Diese sind alle zu. Dabei habe ich beim Blick aus dem Wintergarten den Mann im Garten liegen sehen. Er hat sich überhaupt nicht bewegt. Aber aus dem Haus wollte ich nicht gehen.

Sicher wird wegen des Alarms auch gleich der Wachdienst kommen. Da es wohl einen Toten gibt, habe ich Sie und auch Dr. Dreikorn von gegenüber angerufen. Er will sofort kommen."

„Das geht schon in Ordnung", antwortete Lutz. „Bleiben Sie im Haus, ich komme auch gleich."

Die Familie Meinert, Prof. Dr. Silvio Meinert, seine Frau Carola sowie die beiden Kinder Tim und Kirsten, wohnen auch in der Straße *Am Kreuzfeld,* drei Häuser entfernt von Waski. Man kannte sich natürlich und pflegte gute Nachbarschaft – mehr aber nicht.
Prof. Silvio Meinert war auch Mitglied im Skatverein, aber oftmals bei den Spielabenden nicht dabei – wie gestern auch.

Steffi war wach geworden und wollte wissen, was los sei.

Lutz berichtete kurz und zog seinen Jogginganzug an. Er legte auch – vorsichtshalber, wie er sagte – sein Schulterholster an und nahm seine Pistole aus dem Safe.

Als er das Haus verließ, kam vom gegenüberliegenden Gebäude eilig ein Mann, wie er selbst auch mit einem Jogginganzug bekleidet.

Es war Dr. Dieter Dreikorn, leitender Oberarzt der Chirurgie an einem Darmstädter Krankenhaus.

Die beiden Männer waren etwa gleichaltrig und miteinander gut befreundet.

„Guten Morgen Lutz", sagte Dr. Dreikorn. „Das war ja eine kurze Nacht für uns beide."

Der Arzt war nämlich auch mit bei den *Reizenden Buben* gewesen.

Kurz vor halb fünf standen die beiden dann vor dem Haus der Familie Meinert. Das Außenlicht erleuchtete das gesamte Anwesen, von einem Toten war aber auf dem ersten Blick nichts zu sehen.

Die beiden Männer wurden schon von Carola Meinert erwartet, Diese sprudelte los: „Von unserem Wintergarten ist bei dem hellem Außenlicht der Tote deutlich zu erkennen."

„Na, ob da ein toter Mann ist, muss sich erst noch zeigen," meinte Lutz. „Vielleicht ist es ein Einbrecher", der einen Schock erlitten hat, als der Alarm losging und erst einmal liegen geblieben ist. Dieter und ich werden uns das Ganze einmal genauer ansehen. Sie, Carola, bleiben bitte hier, damit keine Spuren, falls es welche gibt, zerstört werden."

Vorsichtig und eng hintereinander gingen die beiden Männer nach hinten und sahen zwischen der aus dem Wintergarten führenden Treppe und der am Grundstücksrand stehenden Gartenlaube tatsächlich eine Person auf dem Bauch liegen.

Sie gingen auf diese zu und Dr. Dreikorn bat Lutz, ihn zu helfen, die Person umzudrehen. Sie sahen: Es ist ein Mann.

Der Arzt untersuchte ihn kurz und sagte dann: "Ich schätze, dieser Mann hier ist höchstens fünfunddreißig Jahre alt geworden und ist seit mindestens vier Stunden tot. Er hat nur rechts einen Turnschuh samt Socke an und ist ansonsten völlig nackt.

Äußere Verletzungen kann ich nicht erkennen. Er war schon tot, als er hier abgelegt wurde. Alles andere muss die Gerichtsmedizin klären. Ich kann einen Totenschein ausstellen mit den Angaben: *Unbekannte Person*; *Todesursache unklar.* "

Lutz Waski sah sich den Toten auch an und meinte dann: „Ich teile Deine Einschätzung des Alters und außerdem fällt mir sein sehr gepflegtes Äußeres auf".

Sein Freund bestätigte die Einschätzung.

Lutz machte noch einige Bilder von dem Toten und erklärte dann: „Wir lassen hier alles unverändert bis meine Kollegen kommen. Ich habe diese bereits informiert. Dieter, ich bitte Dich, nach Frau Meinert zu sehen, ich kümmere mich mal um den Wachdienst, der wohl gerade gekommen ist."

So war es. Aus einem Auto stiegen zwei junge Männer, beide mit Overalls bekleidet, auf denen das Abzeichen des Wachdienstes deutlich zu erkennen war.

„Hallo, Kommissar Waski", sagte der ältere der beiden, „wir kommen, weil Alarm ausgelöst wurde. Es ist aber selten, dass die Kriminalpolizei schon vor uns da ist."

Lutz, der die beiden Wachleute vom Sehen kannte, sagte: „Das ist wohl war" und schilderte dann die Umstände seiner Anwesenheit und erklärte, dass der Tod der aufgefundenen Person von Dr. Dreikorn bestätigt worden war.

„Dann können wir ja wieder abziehen", meinten die Wachleute. „Wir werden nur noch kurz ein Protokoll anfertigen und Frau Meinert unterschreiben lassen. Allerdings ist uns vorm Haus ein Lieferwagen aufgefallen. Gehört der dorthin?"

Sie gingen ins Haus und fragten Frau Meinert. Diese schüttelte den Kopf und verneinte.

Kommissar Waski bemerkte: „Als ich gestern
Abend gegen elf vom Skat kam, stand da kein
Auto in unserer Straße. Der Lieferwagen wäre
mir bestimmt aufgefallen. Wir können aber
auch meinen Schwiegervater fragen, der gestern mit mir gekommen ist."
Auch Dr. Dreikorn, der zehn Minuten später
vom Skat nach Hause kam, hatte keinen Lieferwagen wahrgenommen.
„Na, sehen wir uns das Auto einmal an," meinte der Kommissar.
Die beiden Wachmänner und Lutz gingen zu
dem Fahrzeug. Es war ein älterer Ford-Transit
mit Darmstädter Kennzeichen.
Der Kommissar nahm sein Smartphone, rief in
der Dienststelle an und bat um eine Halterfest-
stellung.
Die Antwort, die schnell kam, verblüffte ihn.
Zu seinen beiden Begleitern sagte er. „Ich
erfahre eben, dass das Kennzeichen zu einem
BMW gehört, der auf einen Arzt in Reinheim
zugelassen ist. Die Nummernschilder hier sind
also entweder gestohlen oder gefälscht."
Die drei Männer sahen sich den Lieferwagen
von allen Seiten an. Seine Grundfarbe war
hellgrün, an beiden Seiten stand mit gelben
Buchstaben *Hausmeisterdienst Werner*.

Der jüngere der beiden Wachleute hatte inzwischen die Hecktür, die nicht verschlossen war,
geöffnet und rief „Der Laderaum ist leer, aber

hier liegt eine Palette, mit der man vielleicht den Toten transportiert hat.

Sein Kollege und Lutz Waski eilten herbei und bestätigten diese Einschätzung. Der Kommissar erklärte: „Das Ganze ist jetzt ein Fall für unsere *Spusi*[4]. Ich werde alles Notwendige veranlassen. Wir können hier nichts tun, außer dafür zu sorgen, dass alle Spuren – auch die im Garten – erhalten bleiben."

Lutz Waski griff zum Handy, rief erneut seine Dienststelle, die RKI (Regionale Kriminalinspektion) Darmstadt, an und gab einen ersten Lagebericht. Die *Spusi* wollte umgehend starten. Die Zentrale übernahm es, Beamte der Abteilung *Gewaltverbrechen,* nämlich die Stellvertreterin von Kommissar Waski, Hauptkommissarin Melanie Forstmann, sowie Kommissarin Gisela Bernd und Kommissar Ralf Kleinert[5] zu informieren und nach Eppertshausen zu schicken.

Kommissar Waski entließ dann die beiden Kollegen des Wachdienstes, nicht ohne sie gebeten zu haben, ihm einen kurzen Bericht ihres Einsatzes zukommen zu lassen.

---

[4] Spusi ist die gängige Abkürzung für den Bereich der Abteilung Kriminaltechnik, dem die Sicherung und Auswertung aller Spuren eines Verbrechens obliegt.

[5] Eine Auflistung der im Buch vorkommenden Personen findet man auf S. 242.ff

Danach ging er zum Haus, wo ihn schon Frau Meinert und Dr. Dreikorn erwartungsvoll ansahen.

„Carola, Sie hatten recht", sagte er zu der Frau. „Es gibt einen Toten in Ihrem Garten. Wenn meine Kollegen hier sind, werden Sie sich den Mann ansehen müssen. Aber ich habe hier auf meinem Smartphone ein Bild, schauen Sie sich dies bitte einmal an."

Lutz schaltete sein Handy ein und hielt es Frau Meinert hin. Diese sah darauf, stutzte sehr erschrocken, sagte aber dann mit Nachdruck: „Ich habe diese Person noch nie gesehen!"

„Na gut", sagte Kommissar Waski. „Wir werden nachher nochmals auf Sie zukommen. Dieter", wandte er sich an Dr, Dreikorn, „du solltest vielleicht noch ein paar Minuten bei Frau Meinert bleiben. Ich warte hier draußen, bis meine Kollegen eintreffen."

3.

Mittwoch, 5. Juni; 5:00 Uhr

Lutz Waski stand hinter dem Lieferwagen und wartete auf seine Kollegen. Es war inzwischen hell geworden. Im Osten kämpfte sich die aufgehende Sonne durch den Nebel und versprach nach den bisher verregneten Tagen endlich eine Wetterbesserung.

Es dauerte nicht lange, als ein Funkstreifenwagen der Polizeistation Dieburg neben ihm hielt. Zwei junge Polizisten, ein Mann und eine Frau, stiegen aus. Beide kannten Lutz offensichtlich und die Fahrerin sagte: „Guten Morgen, Hauptkommissar Waski. Was gibt es?"

Dieser erklärte die Lage und setzte fort: „Ich bitte sie beide zunächst dafür Sorge zu tragen, dass sich niemand dem Lieferwagen und dem Grundstück der Familie Meinert nähert. Wenn dann meine Kollegen von der RKI eingetroffen sind, befragen sie bitte die Nachbarn, ob jemandem etwas Besonderes aufgefallen ist. Es wäre schön, wenn man bemerkt hätte, wann dieser Lieferwagen hier geparkt wurde. Viel Hoffnung habe ich zwar nicht, denn gestern Abend gegen 23:00 Uhr war er noch nicht hier. Danach dürften die meisten wohl geschlafen haben und sonderlich viel Lärm hat der Ford-Transit sicher auch nicht gemacht.

Ich gehe jetzt kurz zurück in meine Wohnung und ziehe mich ordentlich an. Dabei werde ich meine Schwiegermutter bitten, eine große Portion Kaffee zu kochen. Wenn die Kollegen kommen, wird sie sicher Abnehmer finden. Für sie beide gibt es selbstverständlich auch einen Schluck."

Der Kommissar ging die paar Schritte zu seiner Wohnung und die beiden Streifenpolizisten rätselten, was es mit dem Toten im Garten wohl auf sich haben könnte.

In seiner Wohnung angekommen, fand Lutz seine Frau in der Küche beim Zubereiten des Frühstücks. Beide Kinder und wohl auch die Schwiegereltern schliefen noch. Er begrüßte Steffi mit dem täglichen Gute-Morgen-Kuss und sie wollte natürlich wissen was los ist.
Lutz erklärte: „Ich kann ja nichts sagen zu laufenden Ermittlungen, aber es gibt eigentlich noch gar keine. Frau Meinert hat mich mitten in der Nacht angerufen, du hast es ja mitbekommen, und gesagt, in ihrem Garten läge ein Toter. Als ich hinkam, war auf den ersten Blick nichts zu sehen. Die Alarmanlage und die Außenbeleuchtung waren angegangen.
Ich dachte schon, Frau Meinert hätte sich getäuscht oder ein Einbrecher hätte sich, vom Alarm erschreckt, langgelegt und sei dann schnellstens verschwunden. Aber dann haben

Dr. Dreikorn, den Frau Meinert auch angerufen hatte, und ich im Garten einen Toten entdeckt.

Vom Wachdienst waren inzwischen zwei Leute gekommen. Diese haben mich auf einen vor dem Haus stehenden Lieferwagen aufmerksam gemacht. Eine Überprüfung hat ergeben, dass dessen Kennzeichen falsch sind. Wahrscheinlich wurde er gestohlen und zum Transport des Toten benutzt.

Dann ist ein Streifenwagen mit Dieburger Kollegen eingetroffen, die jetzt das Ganze sichern. Unsere Truppen vom RKI werden auch bald hier sein und dann geht der übliche Trubel los. Ich ziehe mich schnell ordentlich an und gehe sofort wieder rüber."

Steffi war in hohem Maße erstaunt und meinte: „Du solltest auf die Schnelle noch eine Tasse Kaffee trinken und einen Bissen essen, wer weiß, wann du sonst dazu kommst,"

Lutz nickte und verschwand ins Schlafzimmer. Nach kurzer Zeit kam er, mit Jeans, kurzärmligem Shirt und Weste sommerlich gekleidet, zurück, trank eilig im Gehen seinen Kaffee, nahm ein belegtes Brötchen und wollte zur Tür. Kurz davor stoppte er, und sagte zu seiner Frau: „Es wäre schön, wenn du oder Lilo oder ihr beide für die Kollegen, die gleich anrücken, Kaffee machen könntet. Diese sind ja auch zu nachtschlafender Zeit alarmiert wor-

den und sicher kaum zum Frühstücken gekommen.“
Mit einem *Tschüs – bis bald* verschwand er nach draußen.

Es war dann kurz vor sechs. Die Glocken vom Turm der 1832 fertiggestellten Pfarrkirche *St. Sebastian* hatten ihr Morgengeläut soeben begonnen, als der Kombi der *Spusi* in die Straße *Am Kreuzfeld* einbog und hinter dem Ford-Transit hielt. Es stiegen Hauptkommissar Daniel Goebel, der Leiter der Kriminaltechnik bei der RKI, und vier seiner Mitarbeiter aus.
Sie wurden von Lutz Waski begrüßt mit den Worten: „Kollegen, es tut mir leid, dass ihr zu so früher Stunde hier sein müsst, aber hinten im Garten der Familie Meinert liegt ein toter Mann und der Lieferwagen hier bedarf auch einer genaueren Betrachtung. Die Kennzeichen gehören jedenfalls zu einem BMW, dessen Besitzer ein Arzt ist. Sicher wurde der Ford Transit gestohlen.“
Der Kommissar unterbrach seine Rede, weil inzwischen Melanie Forstmann, Gisela Bernd und Ralf Kleinert eingetroffen waren.
Er begrüßte kurz seine Mitarbeiter und redete weiter: „Kurz nach vier hat mich Frau Meinert angerufen, sie war zu diesem Zeitpunkt allein im Haus. Die Alarmanlage war losgegangen, das Außenlicht hatte sich angeschaltet und im Garten hatte sie eine Person liegen gesehen.

Ich war eine Viertelstunde später dort zusammen mit Dr. Dreikorn, einem Arzt, der uns gegenüber wohnt, und auch von Frau Meinert angerufen worden war. Zunächst haben wir niemand im Garten gesehen, aber dann eine zwischen Wintergarten und Laube liegende Person entdeckt. Der Arzt und ich sind dann sofort hingegangen.

Wir stellten fest, dass da ein Mann lag, der bis auf einen Schuh samt Socke völlig nackt und schon einige Stunden tot war.

Das wurde von Dr. Dreikorn festgestellt, wobei er zu Ursache und Zeitpunkt des Todes verständlicherweise nichts sagen konnte. Uns beiden war aber sofort klar, dass der Mann mit Sicherheit nicht hier im Garten gestorben ist.

Dr. Dreikorn kümmert sich um Carola Meinert, die unter Schock steht.

Inzwischen waren auch zwei Mitarbeiter des Wachdienstes eingetroffen. Sie haben uns auf einen Ford-Transit, der vor dem Haus steht, aufmerksam gemacht. Dessen Kennzeichen sind falsch, er war nicht verschlossen und ist leer.

Ich frage mich: „Wer ist der Mann und warum legt man seine Leiche im Garten der Meinert's ab?

Wenn er mit dem Ford Transit transportiert wurde, warum wurde dann das Auto hier stehen gelassen?

Lasst uns also mit den Untersuchungen beginnen.

Vorweg noch eines: Es muss wohl einen Bezug zur Familie Meinert geben. Das sind vier Personen. Carola ist im Haus, ihr Mann, Prof. Dr. Silvio Meinert, ist zu einem Kongress in München, der Sohn Tim ist IT-Fachmann und hat zusammen mit einem Freund eine eigene Firma. Nach Aussage seiner Mutter ist er derzeit bei seiner Freundin. Die Tochter Kirsten studiert in diesem Semester in Turku/Finnland.

Alle vier müssen gründlich befragt werden, wobei ich selbst wegen möglicher Befangenheit nicht aktiv sein werde.

Melanie wird sich gleich mit Frau Meinert unterhalten. Diese hat zwar mit einem Blick auf das Bild, das ich von dem Toten mit dem Smartphone gemacht hatte, bestritten, ihn zu kennen, aber für meinen Geschmack hat sie einen Moment zu lange gezögert.

Na, vielleicht sehe ich Gespenster aber Frau Meinert wird sich den Toten sowieso noch direkt ansehen müssen, bevor er weggebracht wird.

Ich halte es übrigens nicht für erforderlich, einen Gerichtsmediziner hierher zu holen, falls Daniel nicht anderer Meinung ist."

Die Polizisten hatten alle aufmerksam zugehört und Hauptkommissar Daniel Goebel übernahm das Kommando. Er bestimmte zwei seiner Kollegen, die sich den Ford Transit ansehen sollten und bat die beiden anderen, zusammen mit ihm und Kommissar Waski den Toten und dessen Umgebung zu untersuchen.

Lutz wandte sich vorher noch an Gisela Bernd und Ralf Kleinert und sagte: „Ich bitte euch, zusammen mit den beiden Streifenpolizisten, die schon Bescheid wissen, die Nachbarn zu befragen. Es sind nicht allzu viele, aber es wäre wichtig, zu erfahren, ob jemand in der Zeit zwischen 23:00 Uhr gestern und 4:30 Uhr heute etwas Außergewöhnliches bemerkt hat und insbesondere etwas zu dem Lieferwagen sagen kann."

Dann gingen alle an die Arbeit.
Die Hauptkommissare Goebel und Waski begaben sich zusammen mit zwei Kriminaltechnikern zu dem Toten, der mitten auf dem Rasen lag. Sie achteten sehr auf alle Spuren, konnten aber zunächst nichts feststellen.
Daniel Goebel meinte: „Der Mann muss hierhergetragen worden sein, sonst hätten wir noch Schleifspuren sehen müssen. Fußabdrücke sind in dem kurz geschnittenen Rasen nicht mehr sichtbar, das Gras hat sich schnell wieder aufgerichtet. Aber mal sehen, ob wir vorn an

der Straße etwas finden. Es ist aber sicher, dass mindestens zwei Personen am Werk gewesen sind."

Dann wandten sich die Polizisten der toten Person zu. Der Mann war etwa 1,78 m groß und von sehr sportlicher Figur. Die relativ langen blonden Haare waren zu einem Pferdeschwanz gebunden, das Gesicht war ebenmäßig und die zarte Haut zeugte von regelmäßiger Pflege.

Obwohl so ein femininer Eindruck entstand, konnten die Kommissare deutlich erkennen, dass sie einen Mann vor sich hatten. Er hatte nur am rechten Fuß eine Socke und einen Turnschuh mit dem Label einer bekannten Sportartikelfirma an.

Ansonsten war er völlig unbekleidet.

Es gab aber keinerlei Hinweise auf die Identität des Toten. Er trug keinerlei Schmuck (Fingerringe, Halsketten) und Tätowierungen waren auch nicht zu finden.

Äußere Verletzungen gab es nicht.

Man sicherte noch die Fingerabdrücke. Dann sagte Kommissar Goebel: „Wir werden unsern Kunden hier in die Gerichtsmedizin nach Frankfurt bringen lassen, in der Hoffnung, dass uns die Kollegen dort mehr sagen können zu Todesursache und -zeitpunkt sowie zu seiner Identität. Vielleicht hilft auch die Analyse seiner DNA.

Während die Kriminaltechniker noch den Weg vom Ford-Transit zum Toten genau unter die Lupe nahmen, kam einer der beiden, die den Lieferwagen untersucht hatten, auf Lutz Waski und Daniel Goebel zu.

Er sagte: „Das Auto wurde garantiert gestohlen und durch Kurzschließen gestartet. Dabei haben die Diebe aber übersehen, dass sich in der ganzen Zeit die Batterie entladen hat. Es ist damit unmöglich, das Fahrzeug ohne fremde Hilfe zu starten."

„Das erklärt", meinte Kommissar Waski, „warum die Täter das Fahrzeug hier stehengelassen haben, was gewiss nicht ihr Plan war. Ich hoffe, dass ihr aussagekräftige Spuren darin findet", sagte er zu Daniel Goebel,

„Wir tun unser Bestes", lautete die Antwort. „Ich habe schon veranlasst, dass der Ford-Transit zu uns in die Kriminaltechnik transportiert wird."

Es war inzwischen fast sieben Uhr.

Alle an der Untersuchung Beteiligten, mit Ausnahme eines Streifenpolizisten, der den Lieferwagen und das Grundstück der Familie Meinert bewachte, waren alle bei Waski´s auf der Terrasse versammelt.

Steffi hatte Kaffee und Kekse angeboten und man versuchte ein erstes Fazit zu ziehen.

Kommissar Waski nahm das Wort: „So ein Fall, bei dem eine Leiche in der Nähe eines Hauses so abgelegt wurde, dass man sie gleich finden muss, ist mir noch nicht untergekommen.“

Auch keiner der anderen Polizisten kannte einen ähnlichen Fall.

Lutz fuhr fort: „Wenn die Ergebnisse von der Gerichtsmedizin und euren Untersuchungen,“ dabei sah er zu Daniel Goebel, „vorliegen, sind wir sicher schlauer.“

Dieser antwortete: „Unsere Untersuchungen hier sind abgeschlossen. Wenn wir den Ford-Transit verladen haben, werden wir unsere Zelte abbrechen und uns im Präsidium an die Arbeit machen.

Was ist mit der Gerichtsmedizin und dem Abtransport der Leiche?“

Melanie Forstmann antwortete: „Der Abtransport ist veranlasst und mit den Frankfurter Forensikern habe ich gesprochen. Ich war verwundert, dass zu der frühen Stunde der *rasende Heiko*[6] schon bei der Arbeit war. Er hat, wie üblich mit mir geflirtet und sehr bedauert, dass ich inzwischen glücklich verheiratet bin. Er hat aber versprochen, sich umgehend um unseren Toten zu kümmern.“

---

[6] Weil Dr. Heiko Bruns oftmals mit seiner Honda rasch an den Tatorten erschien, hatte er diesen Spitznahmen.

Lutz Waski fragte: „Hat die Befragung der Nachbarn etwas ergeben?"

Die Kommissare Bernd und Kleinert sowie die Dieburger Kollegin erklärten einhellig, dass dies nicht der Fall sei. Man habe zwar in allen Nachbarhäusern jemand angetroffen, aber keiner hatte etwas für den Fall Relevantes bemerkt.

„Na, das war j auch nicht zu erwarten", meinte Kommissar Waski. Dann entschied er: „Wir beenden jetzt unsere Arbeit hier. Bei Ihnen und Ihren Kollegen", wandte er sich an die Dieburger Kollegin, „bedanke ich mich sehr. Sie beide warten bitte noch, bis die *Gnadenlosen*, wie wir die Leichenwagenfahrer flapsig nennen, mit ihrer traurigen Fracht abgefahren sind. Dann können Sie ihren Dienst fortsetzten. Melanie, dich bitte ich dafür zu sorgen, dass sich Frau Meinert den Toten noch genau ansieht. Anschließend solltest du dich ausführlich mit ihr unterhalten. Es kann doch kein Zufall sein, dass dieser auf ihrem Grundstück gelandet ist.

Ich werde mich von Carola Meinert und Dr. Dreikorn sowie von meinen Leuten verabschieden und wir treffen uns dann gleich im Präsidium."

Alle tranken ihren Kaffee aus und man ging auseinander.

4.

Mittwoch, 5. Juni; 8:30 Uhr

Im Beratungsraum des Kommissariats K10 der RKI Darmstadt hatte der Leiter der *Abteilung Gewaltverbrechen,* Hauptkommissar Lutz Waski, seine Mitarbeiter versammelt.

Dies waren Kommissarin Gisela Bernd, Kommissar Ralf Kleinert und die Praktikantin Miriam Fendt. Hauptkommissarin Melanie Forstmann, die Stellvertreterin von Lutz Waski, fehlte, weil sie noch mit der Befragung von Carola Meinert befasst war. Aber der Leiter des K10, Kriminalrat Torsten Haase, war gekommen.

Kommissar Waski fasste für alle zusammen, was man bisher über den mysteriösen Leichenfund im Garten der Familie Meinert wusste, und zog folgende Schussfolgerungen:

„Ich sehe drei Punkte, um die wir uns vordringlich kümmern müssen.

Ersten gilt es, die Identität des Toten zu ermitteln. Hier kann uns hoffentlich die Gerichtsmedizin weiterhelfen. Melanie hat schon mit Dr. Bruns telefoniert, er will unserem Toten Vorrang einräumen. Ich schlage vor, dass Frau Fendt nach Frankfurt fährt, um bei der Obduktion dabei zu sein und vielleicht auch ein bisschen Druck zu machen. Wie ich Dr. Bruns einschätze, ist er einem kleinen Flirt mit einer hübschen jungen Frau nicht abgeneigt. Vor allem interessiert natürlich, **wie** und **wann** der Mann zu Tode gekommen ist.

Außerdem halte ich es für nötig, die aktuellen Vermisstenfälle anzusehen, obwohl unser Kandidat vielleicht noch gar nicht vermisst wird. Hiermit beauftrage ich Kommissar Kleinert.

Wir sollten auch überlegen, mit einem Foto des Toten an die Öffentlichkeit zu gehen – Miriam, Sie bringen bitte ein dafür geeignetes Exemplar mit, bei dem man nicht sofort sehen muss, dass der Mann tot ist.

Wenn Sie zustimmen", damit sah er seinen Chef Kriminalrat Haase an, „sollten wir mit diesem Schritt aber noch warten."

Torsten Haase nickte und Lutz Waski redete weiter:

„Zweitens sind die Ergebnisse unserer *Spusi* vom Fundort der Leiche und die der Untersuchung des Ford-Transit auszuwerten.

Daniel (gemeint war Hauptkommissar Daniel Goebel, der Leiter der KTU) hatte allerdings wenig Hoffnung, dass die Spuren im Garten viel ergeben werden. Bezüglich des Lieferwagens bin ich auch skeptisch, da m.E. Profis am Werk waren. Allerdings ist ihnen die Panne mit der entladenen Batterie unterlaufen und sie konnten das Auto nicht so entsorgen, wie es wahrscheinlich geplant war. Daher könnten sich doch verwertbare Spuren finden lassen. Ich will nachher gleich in der KTU vorbeischauen.

Ein dritter Ansatzpunkt für unsere Ermittlungen ist die Familie Meinert. Es kann ja wohl kein Zufall sein, dass der Tote in ihrem Garten abgelegt wurde, und zwar so, dass er leicht zu finden war.

Meinerts sind unsere Nachbarn und ich werde gleich darlegen, was mir über sie bekannt ist.

Ihr Haus wurde zur gleichen Zeit wie das meiner Schwiegereltern gebaut. Das war 1985. Als wir, Steffi und ich, 2019 im *Kreuzfeld* eingezogen sind, wohnten Meinerts bereits hier. Seitdem kenne ich sie. Wir haben immer gute Nachbarschaft gepflegt und ab und zu ein bisschen miteinander geschwätzt. Aber ein engerer Kontakt besteht nicht.

Von Carola Meinert weiß ich, dass sie fast fünfzig Jahre alt ist, Sprachen studiert hat und als selbständige Übersetzerin und Dolmetscherin arbeitet, hauptsächlich für Finnisch und Ungarisch.

Meinerts haben zwei Kinder. Der Sohn Tim ist 28 Jahre alt und hat an der TU Darmstadt Informatik und Mathematik studiert. Er arbeitet in einem kleinen IT-Unternehmen und ist wohl dort auch beteiligt. Die Tochter Kirsten ist drei Jahre jünger als ihr Bruder und studiert in diesem Semester in Turku (Finnland) an der dortigen *Schwedischen Hochschule*. Über Ostern war sie hier und wir haben uns kurz unterhalten. Sie erklärte, dass das gesamte Studium in Englisch läuft und ihr viel Spaß machen würde.

Über ihren Vater kann ich etwas mehr berichten, weil er mit uns bei den *Reizenden Buben* Skat spielt und man dadurch auch so manches voneinander erfährt.

Professor Dr. Silvio Meinert ist 58 Jahre alt und Direktor des Institutes für *Vergleichende Anthropologie* an der Goethe-Universität Frankfurt.

Er berichtete, dass im Zentrum ihrer Forschungen die uralte und von Philosophen und Pädagogen seit Jahrhunderten diskutierte Frage steht:

Was von den Eigenschaften eines Menschen ist angeboren und was ist anerzogen.

Prof. Meinert und seine Leute versuchen mit den Mitteln, die neuerdings die Genetik zu liefern vermag, gesicherte Erkenntnisse zu gewinnen. Silvio kann anschaulich erzählen und kommt dabei zwangsläufig auf die Tatsache, dass solche Forschungen lange Zeit ein Tabuthema waren, weil die Nationalsozialisten alle derartigen Untersuchungen für ihre Rassentheorie, für die Einteilung der Menschheit in sogenannte *Herrenmenschen* und *minderwertige Menschen* missbraucht hatten. Wohin dies in der Vergangenheit geführt hat, ist bekannt und man kann es mit den Begriffen *Konzentrationslager* und *Holocaust* nur höchst unzulänglich beschreiben.

Trotz dieses eklatanten Missbrauchs von wissenschaftlichen Ergebnissen ist, so Professor Meinert, nicht zu leugnen, dass es zwischen einzelnen Individuen aber auch zwischen Menschen- und Völkergruppen genetische Unterschiede gibt. Diese zu erforschen und wissenschaftlich fundierte Ergebnisse zu gewinnen, sei eine Sache, diese zu bewerten eine andere.

In ihren Forschungen haben sich Professor Meinert und seine Leute drei Schwerpunkte gesetzt. Mathematische Fähigkeiten, musikalische Begabungen und Triebtäter. Letzteres hat uns schon wegen meiner Tätigkeit in mehreren Gesprächen besonders beschäftigt.

Silvio kam dann auch auf die Blutgruppen zu sprechen, die 1901 von Karl Landsteiner entdeckt wurden, der dafür 1930 den Nobelpreis erhielt.

Die vier Blutgruppen 0, A, B und AB sind zwischen den Regionen und Völkergruppen unterschiedlich verteilt.

In den USA galt die Blutgruppe B lange Zeit als „*Verbrecherblut*", nachdem sich in einem New Yorker Gefängnis besonders viele Insassen mit dieser Blutidentität fanden. Später stellte sich heraus, dass dort besonders viele Asiaten einsaßen, unter denen diese Blutgruppe stark verbreitet ist.

„Auch bei unseren genetischen Untersuchungen", sagte Dr. Meinert, „müssen wir uns vor solchen Scheinkorrelationen hüten, die Zusammenhänge vortäuschen, die es nicht gibt. Ein bekanntes Beispiel ist die Sache mit der Zahl der Geburten und der Zahl der Storchenpaare in verschiedenen europäischen Regionen. In Regionen, wo viele Störche nisten, werden auch viele Kinder geboren. Diese Korrelation ist signifikant.

Die Schlussfolgerung, dass die Kinder vom Storch gebracht werden, ist aber natürlich falsch. Die Korrelation zwischen Geburten und Storchpaaren ergibt sich daraus, dass in ländlichen Regionen mehr Störche nisten und tendenziell auch mehr Kinder pro Paar geboren werden."

Professor Meinert betonte, dass es durchaus genetische Veranlagungen für Musik oder Mathematik gäbe und auch solche für sexuelle Gewalt – aber – wenn auch nicht jeder ein *Beethoven* oder ein *Einstein* werden könne, müsse auch nicht jeder zwangsläufig ein Verbrecher werden. Entscheidend ist die Sozialisation des Individuums. Seine Anlagen sind vielfältig, was daraus wird, liegt an Umwelt und Erziehung.

Dass die Forschungen von Prof. Meinert etwas mit dem Toten in seinem Garten zu tun haben, erscheint mir zwar äußerst zweifelhaft, aber es kann wohl kein Zufall sein, dass die Leiche genau dort abgelegt wurde.

Wir müssen also alle Mitglieder der Familie befragen, wobei Kirsten erst einmal außen vor bleiben kann.

Da ich befangen sein könnte, werde ich die Befragungen nicht selbst führen.

Melanie redet derzeit bereits mit Frau Meinert und um ihren Sohn Tim sollte sich Kommissarin Bernd kümmern.

Silvio Meinert ist zu einem Kongress in München. Wir müssen die dortigen Kollegen bitten, uns dies zu bestätigen. Dies kann Kommissar Kleinert neben seiner Recherche in der Vermisstendatei übernehmen. Wenn Professor Meinert zurück ist, sollte er von Ralf befragt werden.

Um 15:00 Uhr treffen wir uns alle hier, um zu sehen, was wir an Ergebnissen haben."

Lutz Waski sah Kriminalrat Haase an. Dieser sagte: „Ich bin mit eurem Vorgehen einverstanden, meldet euch, wenn ihr Unterstützung benötigt."

Damit war die Beratung beendet und man wollte auseinandergehen, als Frau Schreiber, die Sekretärin des Kriminalrates, hereingestürzt kam. „Eben hat eine Dieburger Polizeistreife angerufen. Auf dem Grundstück der Familie Friedrich in Babenhausen in der Brentano-Straße 8 liegt eine tote Frau. Der Notarzt, der vor Ort ist, meint, dass wegen starker Kopfverletzungen sicher Fremdverschulden vorliegt.

Kriminalrat Torsten Haase entschied: „Kommissar Waski fährt jetzt nach Babenhausen zusammen mit Kommissarin Tina Fritz von der *Abteilung Brandursachenermittlung* und zwei Mitarbeitern der *Spusi,* die Kommissar Goebel bestimmen wird. Zur KTU, zu der Sie eigentlich jetzt wollten, wird Oberkommissar Durmaz von unserer *Vermisstenstelle* gehen.

Es ist zwar nicht wahrscheinlich, dass die beiden Todesfälle zusammenhängen, aber sie fallen nun einmal in die Zuständigkeit der *Abteilung Gewaltverbrechen.*
Wenn Sie, Lutz, einen ersten Überblick haben, melden Sie sich bitte bei mir. Wir werden noch keine Soko bilden, sondern ich unterstelle Ihnen vorerst nur Tina Fritz und Ali Durmaz. Bei der Beratung um 15:00 Uhr werden wir entscheiden, wie es weiter geht.“

5.

Mittwoch, 5. Juni; 10:45 Uhr

Hauptkommissar Lutz Waski war mit seinem Dienstwagen, einem Opel-Insignia, unmittelbar nach dem Ende der Beratung aufgebrochen. Neben ihm saß Tina Fritz, eine hübsche, 29 Jahre alte, Kollegin, die schon vor einem Jahr in der *Soko Sauna* unter der Leitung von Lutz mitgearbeitet hatte.[7]

Lutz unterhielt sich gern mit der aufgeschlossenen jungen Frau und erfuhr, dass diese sich gerade von ihrem Freund getrennt habe, weil der Kerl nicht treu sein konnte.

Unmittelbar hinter dem Opel folgte das Einsatzfahrzeug der *Spusi* mit zwei Kollegen an Bord.

Über die B 26 kamen die Autos gut voran und dank des *Navis* fand Lutz auch sofort die Brentano-Straße in Babenhausen.

Vor dem Haus Nummer 8 standen ein Polizeiauto und ein Krankenwagen sowie ein PKW, hinter dessen Windschutzscheibe ein Schild mit der Aufschrift *Notarzt* zu sehen war.

Die Brentano-Straße liegt in einem Neubaugebiet im Westen von Babenhausen. Das Haus Nummer 8 zeigte sich als schmuckes, zweigeschossiges Gebäude mit einem gepflegten

---

[7] Siehe: Die Tote in der Sauna; BoD 2022

Vorgarten. Zur Straße und den links und rechts in ziemlichen Abstand stehenden Nachbarhäusern sowie zu dem freien Feld nach hinten grenzte ein etwa 1,50 m hoher Metallzaun das Grundstück ab. Auf der rechten Seite war eine Doppelgarage angebaut, auf der linken Seite führte ein Weg zu einem am Ende des Grundstücks stehenden Flachbau.
Auf diesem Weg, kurz vor dem Eingang zum Flachbau lag die tote Frau, umringt vom Notarzt und zwei Rettungssanitätern sowie der Streifenwagenbesatzung, einer Polizistin und einem Polizisten. Etwas abseits stand ein junger Mann, Lutz schätzte ihn auf Ende zwanzig, der einen völlig verstörten Eindruck machte.

Die vier Neuankömmlinge eilten zu dieser Gruppe. Kommissar Waski begrüßte zunächst die beiden Streifenpolizisten mit den Worten: „Wir haben uns doch vor wenigen Stunden erst in Eppertshausen getroffen. Das ist hier nun der zweite Todesfall in ihrer Schicht, hoffentlich wird so etwas nicht zur Regel.
Einer von ihnen sollte bitte nach vorn zur Straße gehen, um die wenigen Neugierigen, die von unseren Einsatzfahrzeugen angelockt wurden, im Zaum zu halten. Und dann bitte ich um Informationen, wann und wie die Tote entdeckt wurde und was danach geschah. Aber vielleicht sollte erst der Notarzt zu Wort

kommen, damit wir ihn nicht unnötig lange aufhalten."

Der Doktor berichtete: „Wir, die Rettungssanitäter und ich, wurden 9:32 Uhr von der Leitstelle, die über 112 angerufen worden war, alarmiert und waren nahezu zeitgleich 9:50 Uhr hier vor Ort. Der Streifenwagen war unmittelbar vor uns eingetroffen.

Ich bin sofort zu der Person, die leblos genau dort lag, wo sie jetzt noch ist, geeilt und habe nach Möglichkeiten einer Wiederbelebung gesucht. Es gab keine. Die Frau, die hier liegt, ist seit mindestens einer Stunde tot. Am Hinterkopf ist eine schwere Verletzung zu erkennen, die mit hoher Wahrscheinlichkeit durch einen mit großer Gewalt geführten Schlag mit einem stumpfen Gegenstand verursacht wurde. Ob dies die Todesursache ist, muss die Gerichtsmedizin klären. Wir haben die Tote möglichst wenig bewegt, mussten sie aber natürlich kurz umdrehen. Jetzt liegt sie wieder so, wie sie von uns gefunden wurde.

Wir, meine Kollegen und ich, können hier nichts mehr tun. Wenn wir die Protokolle geschrieben haben, werden wir uns verabschieden."

Kommissar Waski nickte zustimmend, bedankte sich und sprach dann den jungen Mann an: „Ich nehme an, Sie haben die Tote gefunden, Berichten Sie doch bitte."

Aus dem jungen Mann sprudelte es hervor: „Die Tote ist Carmen Seifert, Das ist meine Ex-Freundin. Wir waren für 9:00 Uhr hier verabredet. Ich war auf der Bank und merkte, dass es später werden würde. Da habe ich sie angerufen und gesagt, sie solle vorn in der Wohnung auf mich warten. Das Haus gehört meinen Eltern. Die wohnen oben, ich habe unten eine Wohnung. Carmen hatte von früher noch einen Wohnungsschlüssel.

Als ich kurz vor halb zehn hier ankam, sah ich gleich, dass da jemand im Garten liegt. Ich rannte hin und fand Carmen. Sie hat sich nicht bewegt und nicht geatmet. Da habe ich sofort über 112 den Rettungsdienst und über 110 die Polizei angerufen.

Warum hat Carmen denn nicht vorn im Haus auf mich gewartete? Wieso liegt sie hier im Garten Was ist denn überhaupt passiert?"

„Auf diese Fragen müssen wir Antworten finden", entgegnete Kommissar Waski. „Dazu möchte ich mich zunächst eingehend mit Ihnen unterhalten, am besten in Ihrer Wohnung."

„Das wird nicht möglich sein", wurde Lutz Waski von Hauptkommissar Heinz Wohlfeld, dem stellvertretenden Leiter der Kriminaltechnik (KTU), unterbrochen. „Vorn stehen Haus- und Wohnzimmertür sperrangelweit offen und die Räume wurden durchwühlt.

Es könnte sich Folgendes zugetragen haben: Die jetzt tote Frau war im Wohnzimmer und hat den – oder die – Täter hereingelassen. Dann wurde sie bedroht und ist in Richtung des Flachbaues geflüchtet. Vielleicht hoffte sie, von dort Hilfe zu erhalten. Sie wurde auf dem Weg eingeholt und von hinten niedergeschlagen. Womit, wissen wir noch nicht. Auf alle Fälle muss hier alles gründlich untersucht werden, ich habe bereits Verstärkung angefordert."

„Wir können ganz nach hinten gehen", meldete sich der junge Mann, er hatte sich inzwischen als Heiko Friedrich vorgestellt, zu Wort, „dort befinden sich unsere Arbeitsräume."

Kommissar Waski stimmte zu und bat Herrn Friedrich schon einmal voranzugehen.

Dann rief er Kommissarin Fritz zu sich und beauftrage sie, zusammen mit den Streifenpolizisten die Nachbarn zu befragen.

Vorher hatten die Hauptkommissare Waski und Wohlfeld erörtert, ob ein Gerichtsmediziner vor Ort nötig sei. Beide waren der Meinung, dass eine Untersuchung der Toten im Frankfurter Institut für Rechtsmedizin ausreichen würde.

6.

Mittwoch, 5. Juni; 11:30 Uhr

Hauptkommissar Lutz Waski ging, vorbei an der Toten, bei der ein Kriminaltechniker beschäftigt war, zu dem Flachbau am Ende des Grundstücks.

Vor der Tür wurde er von Heiko Friedrich erwartet. Lutz nutzte die Gelegenheit, um diesen etwas genauer zu mustern. Er sah einen jungen Mann, etwa 1,80 m groß mit sportlicher, durchtrainierter Figur und halblangen blonden Haaren. Ein kleiner Oberlippenbart passte gut in das ovale Gesicht. Nicht nur wegen der Businesskleidung, Heiko hatte allerdings seine Krawatte inzwischen abgelegt, machte er einen sehr gepflegten Eindruck.

Er bat Lutz Waski ins Innere des Gebäudes, wobei sich dieser über die aufwändige Sicherheitstechnik an Tür und Fenstern sowie die vielen Überwachungskameras außen und innen wunderte.

Heiko Friedrich hatte dies sehr wohl bemerkt und begann seine Rede: „Wir haben eine kleine Firma, die KITH-GmbH und sind im Bereich der sogenannten *Künstlichen Intelligenz* tätig. Da gibt es sehr, sehr viele Leute, die sich für unsere Arbeit interessieren.

Aber lassen Sie mich etwas weiter ausholen: Carmen, Tim und ich haben gemeinsam an der

TU Darmstadt Informatik studiert. Im Zuge unserer Master-Arbeiten gelang es uns, ein Programm zu entwickeln, das die Bilderkennung wesentlich zu verbessern vermag. Das Problem ist heute ja nicht mehr die Erfassung und Speicherung von Daten, wie noch zu Anfangszeiten der EDV, sondern vielmehr die Frage, wie man der überbordenden Datenflut aus allen Lebensbereichen Herr werden kann. Die einfachen Suchmaschinen, die mit eingegebenen Signalworten arbeiten, kommen hier schnell an ihre Grenzen. Unsere Bilderkennung ist ein Programm, das sich selbständig optimiert. Wir haben dafür ein Patent angemeldet und erhalten. Eine Reihe von Firmen hat sich dafür interessiert. Die nicht unerheblichen Lizenzgebühren, die das gebracht hat, haben wir zur Gründung unserer eigenen Firma verwendet, wobei allerdings die Väter von Tim und mir auch kräftig geholfen haben.

Unser Geschäft lief von Anfang an hervorragend. Allderdings hatte keiner von uns einem Achtstundentag oder eine Viertagewoche.

Schließlich hat auch das Privatleben Schaden genommen. Carmen und ich waren seit dem Studium ein Paar. Wir haben dann auch zusammen hier im Haus der Eltern gewohnt und von einer gemeinsamen Zukunft geträumt. Aber 24 Stunden täglich zusammen – das hat unsere Beziehung nicht ausgehalten.

So haben wir uns einvernehmlich getrennt, sind aber gute Freunde geblieben. Carmen ist aus der Firma ausgeschieden und hat eine Stelle als Assistentin an der TU angenommen und wollte in der Lehre tätig werden und auch noch promovieren. Nebenbei hat sie als IT-Beraterin gejobbt. Ihre Geschäftsanteile von 20% hat sie behalten. Die restlichen 80% der Anteile von KITH (Künstliche Intelligenz-Tim-Heiko) gehören Tim und mir zu gleichen Teilen.

Ich wundere mich übrigens, wo Tim bleibt. Normalerweise ist er um acht hier. Wenn er dagewesen wäre, würde Carmen vielleicht noch leben."

Lutz Waski unterbrach mit der Frage: „Heißt ihr Freund Tim mit dem Nachnamen vielleicht Meinert?"

Erstaunt antwortete Heiko: „Ja, wie kommen Sie denn darauf?"

Der Kommissar erklärte: „Vor wenigen Stunden wurde im Garten der Familie Meinert ein Toter gefunden. Nachdem man Tim zunächst nicht erreichen konnte – ich kenne ihn übrigens von klein auf, wir wohnen nur zwei Häuser weiter – ist der Junge vorhin bei seiner Mutter aufgetaucht. Meine Kollegin hat mich eben informiert, dass sie ihn mit ins Präsidium bringt."

„Ich kann noch gar nicht glauben, dass Carmen nicht mehr lebt“, sagte Heiko Friedrich. „Sie hat mich gestern Abend spät, ich glaube es war kurz vor zwölf, angerufen und mir aufgeregt mitgeteilt, sie hätte eine ganz wichtige Information zur Sicherheit unserer Firma. Sie sei zusammen mit Erika, das ist ihre beste Freundin und Mitbewohnerin, sowie mit Silvi noch in der Bar vom Darmstädter Grand-Hotel gewesen und habe ein interessantes Gespräch vom Nachbartisch aufgeschnappt und sogar teilweise aufgenommen.

Wir haben dann beschlossen, uns heute um 9:00 Uhr hier zu treffen.

Ich hatte 8:00 Uhr einen Termin bei unserer Hausbank hier in Babenhausen. Als ich merkte, dass ich es bis neun nicht nach Hause schaffen würde, habe ich Carmen angerufen, um ihr zu sagen, dass es etwas später würde. Sie solle in der Wohnung auf mich warten.

Sie war einverstanden und sagte, dass sie ja noch einen Schlüssel hätte.

Das war das letzte Mal, dass ich mit ihr gesprochen habe.

Glauben Sie, dass der Tote bei Meinerts etwas mit dem Mord an Carmen zu tun hat?“

Waski antwortete: „Ob das bei Carmen Mord oder Totschlag war, wird sich zeigen. Einen Zusammenhang mit dem Toten in Eppertshausen kann ich aber nicht erkennen. Wir wissen noch nicht einmal, wer dieser Mann ist. Aber eventuell können Sie uns helfen. Ich habe auf meinem Smartphon Bilder von dem Toten. Wenn Sie mit diesen ihr Bilderkennungsprogramm füttern, landen wir vielleicht einen Treffer."

Heiko Friedrich war sofort bereit und die beiden Männer gingen in den übernächsten Raum, wobei Heiko eine schwere Stahltür öffnen musste. Dabei erläuterte er: „Wir haben dieses Gebäude nach unseren Bedürfnissen errichtet und vor allem auf die Sicherheit geachtet. Hier vorn sind der Aufenthalts- bzw. Beratungsraum, eine kleine Küche und die Toiletten. Anschließend kommt ein normaler Arbeitsraum mit Internetanschluss usw. Der letzte Raum ist elektrisch völlig isoliert. Hier kommen keine elektromagnetischen Signale herein und es gibt natürlich auch keinen Handyempfang. Hier arbeiten wir an unseren Entwicklungen und ich kann nur sagen: Dabei kann man nicht vorsichtig genug sein.
Industriespionage ist ein großes Geschäft. Unsere Computer hier haben keinerlei Verbindung nach außen, nur meiner ist mit dem von Tim vernetzt.
Wenn wir Daten von außerhalb benötigen, holen wir diese über USB-Sticks, natürlich nach sorgfältiger Kontrolle."

Während seiner Rede waren die Männer im *Allerheiligsten angelangt* und Heiko fuhr auch gleich die Computer hoch. Er lud die aktuelle Version ihres Bilderkennungsprogrammes auf einen Stick und meinte: „Hier finden nur die Programmentwicklungen statt, die Anwendungen benötigen dann natürlich eine schnelle Internetverbindung. Wir sollten also wieder nach nebenan gehen.“

Heiko hatte die Bilder vom Handy des Kommissars kopiert, geprüft und auf einen USB-Stick geladen. Mit diesen gingen die beiden Männer zurück in den normalen Arbeitsraum. Heiko fütterte einen PC und nach wenigen Minuten erschien auf dem Monitor eines der Bilder vom Handy des Kommissars und darunter der Name: ENRICO BERTONI sowie der Hinweis, dass unter diesem Namen eine Web-Seite existieren würde.

Lutz Waski war gleichermaßen verblüfft und erfreut. Erstaunt nahm er den Inhalt der Web-Seite, die inzwischen auch zu sehen war, zur Kenntnis.

Dort stand unter einem recht professionellen Bild des Toten aus dem Garten der Familie Meinert folgender Text:

Für Frauen biete ich Dienstleistungen aller Art an – auch außergewöhnliche.
Absolute Diskretion ist für mich selbstverständlich.
Auch Hausbesuche sind möglich.
Informationen, Beratungen, Termine unter 0159-663366 oder enribert@web.de

Hauptkommissar Waski meinte, dass mit diesen Ergebnissen die Ermittlungen einen recht großen Schritt vorankommen würden, und bedankte sich herzlich bei Heiko Friedrich. Er ließ sich noch die Nachnamen von Silvi und Carmen und deren Adresse geben und verabschiedete sich mit den Worten: „Ich fahre jetzt ins Präsidium, die Kollegen hier werden ihre Arbeit tun und Carmen wird man in die Gerichtsmedizin bringen. Heiko, wir bleiben in Kontakt".

Kommissar Waski ging zu seinem Auto und fuhr zurück nach Darmstadt.

7.

RÜCKBLENDE
Dienstag, 4. Juni; 23:00 Uhr

Die Bar des Darmstädter Grand-Hotels war gut besucht. An den Tischen wurden lebhafte Gespräche geführt und geflirtet wurde auch. Im Hintergrund spielte ein Pianist dezent einschmeichelnde Melodien.
An einem Ecktisch saßen drei Männer, zwei so um die fünfzig Jahre alt, der dritte deutlich jünger. Sie waren sehr gut gekleidet und unterhielten sich offensichtlich über abgeschlossene oder geplante Geschäfte.

Am Nachbartisch ging es lustiger zu. Drei junge Frauen beobachteten das Geschehen in der Bar und gaben ihre Kommentare dazu, wobei kräftig gelästert und gekichert wurde.
Carmen Seifert hatte an der TU einen Vortrag über den Einsatz von *Künstlicher Intelligenz* in der Medizin, z.B. beim Auswerten von MRT-Daten gehalten, der sehr gut besucht war und zu einer regen Diskussion im Anschluss geführt hatte. Ihre Freundin Erika, die mit Carmen in einer WG wohnte, war richtig stolz und auch Silvi Arndt, eine ehemalige Kommilitonin, war beeindruckt. Die drei Frauen hatten also einen guten Grund zum Feiern und jede hatte einen Cocktail (es war nicht ihr erster) vor sich stehen. Dabei erläuterte Carmen,

dass sie in der Richtung, über die sie gesprochen habe, auch ihre Doktorarbeit anlegen wolle.

Plötzlich wandte sie ihre Aufmerksamkeit dem Nachbartisch zu, als dort die Worte KITH und VERKAUF fielen, und versuchte, unauffällig zu erlauschen, was dort gesprochen wurde und schaltete ihr Smartphone auf Aufnahme.

Der jüngste der drei Männer war mit Worten *Bogdanow erzählen Sie mal* aufgefordert worden, einen Bericht abzugeben und legte dar: „Wir, also die FBOC-Consulting-GmbH, haben den Deal eingefädelt. Der Software-Riese PAS ist an der Übernahme von KITH sehr interessiert. Er bietet den beiden Gründern Friedrich und Meinert neben etlichen Millionen langfristige Arbeitsverträge, die die eigenständige Weiterführung ihrer Forschungen garantieren. Die beiden jungen Männer sind nicht abgeneigt, darauf einzugehen. Ein Wort mitzureden hat aber noch der Vater von Heiko Friedrich, der als Steuerberater und Anwalt die Firma von Beginn an betreut. Wenn er von seiner Kreuzfahrt zurück ist, das wird Anfang kommender Woche der Fall sein, könnte das Geschäft über die Bühne gehen. Abgesehen von der fetten Provision, die uns PAS zahlen wird, gibt es noch einen weiteren interessanten Aspekt. In unserem Gespräch heute Mittag hat sich Tim Meinert mit einem persönlichen Problem an mich gewandt. Er wird erpresst, kann und will aber nicht zur Polizei gehen. Mehr will ich dazu hier nicht sagen. Ich habe Herrn Meinert zugesichert, dass wir dieses Problem lösen werden. Damit haben wir ihn dann in der Hand und so in einem wichtigen Bereich des großen Softwareunternehmens einen Maulwurf installiert. Ich denke auf diese Entwicklung sollten wir anstoßen."

„Dazu haben wir wahrlich allen Grund", sagte der Ältere der beiden anderen. „Das sind gute Nachrichten, nachdem wir bereits einen Mann in der Geschäftsleitung von PAS haben. Der hat bei dem lukrativen Angebot für die Herren Friedrich und Meinert kräftig mitgewirkt. Man kann nur hoffen, dass die beiden das Kleingedruckte nicht sehr aufmerksam lesen. Selbst wenn der Vater von Heiko Friedrich die Fallstricke bemerkt und entsprechende Änderungen durchsetzt, bleibt es ein gutes Geschäft. Vor allem aber können wir unseren Auftraggebern vermelden, dass es mit unseren Spionageaktivitäten vorangeht.

Also, ein kräftiges Prosit!"

Die drei Männer erhoben ihre Gläser, wechselten noch ein paar Worte, bezahlten und brachen dann auf.

Carmen Seifert schaltete ihr Handy aus und hoffte, dass es wenigstens das Wichtigste von

Bogdanows Bericht aufgenommen hatte. Noch im Beisein der beiden anderen Frauen rief sie ihren Ex-Freund Heiko an und erklärte diesem, dass sie im Besitz hochbrisanter, sicherheitsrelevanter Information zur Firma und dem geplanten Verkauf sei. Die beiden verabredeten sich für den nächsten Morgen um 9:00 Uhr in Babenhausen.

Wenig später trennten sich die jungen Frauen. Carmen und Erika nahmen sich ein Taxi zu ihrer WG. Silvi, die noch bei ihren Eltern wohnte, sagte, ihr würde sie Bruder abholen.

Als das Taxi abgefahren war, ging Silvi zurück ins Hotel und fuhr mit dem Lift in die neunte Etage. Im Zimmer 517 wurde sie schon von ihrem Geliebten, Boris Bogdanow, erwartet. Nach einem Begrüßungskuss sprudelte sie die Nachricht heraus: „Boris, euer Deal mit KITH wird platzen!" Dann schilderte sie, dass Carmen Seifert das vorhin geführte Gespräch mit ihrem Handy aufgenommen hätte und sich morgen 9:00 Uhr mit Heiko Friedrich treffen wolle.

„Das ist ein Ding", entfuhr es Boris „Da müssen wir sofort handeln. Ich gehe kurz zu den beiden anderen, die die nächsten Zimmer haben." Bogdanow verließ das Zimmer, kam nach etwa 20 Minuten zurück und sagte: „Keine Sorge, alles Notwendige ist eingeleitet."

8.

Mittwoch, 5. Juni; 12:00 Uhr

Miriam Fendt war mit einem Dienstwagen der RKI vor dem Gebäude des Gerichtsmedizinischen Institutes in der Frankfurter Kennedyallee angekommen.

Die junge Polizistin war mächtig stolz, dass man ihr als Praktikantin die Aufgabe übertragen hatte, bei der gerichtsmedizinischen Untersuchung des Toten aus dem Garten der Familie Meinert das K10 zu vertreten.

Miriam war 24 Jahre alt, hatte halblange dunkelblonde Haare und war mit 1,78 m recht groß, was ihr beim Handball, den sie in ihrer Freizeit bei HBV Dieburg spielte, zugutekam. Durch ihre Kleidung, enge Jeans ein buntes Shirt und Turnschuhe wurde ihre sportliche Figur noch betont. Dennoch wirkte Miriam keineswegs maskulin – im Gegenteil: Sie war eine attraktive junge Frau. Im vergangenen Jahr hatte sie ihre Ausbildung zur Polizeimeisterin als Jahrgangsbeste abgeschlossen und dazwischen auch einige Tage in der *Soko Sauna* unter der Leitung von Hauptkommissar Waski mitgearbeitet.[8]

---

[8] Siehe: Die Tote in der Sauna; BoD 2022

Zur Vorbereitung auf die weitere Ausbildung zu Kriminalpolizistin absolviert sie derzeit ein Praktikum bei der RKI Darmstadt.

PM Fendt meldete sich beim Pförtner, musste einen Moment warten und wurde dann von einem Sektionsgehilfen nach unten geführt. Der Geruch in den Kellerräumen war sehr spezifisch und gewöhnungsbedürftig, aber Miriam hatte offensichtlich keine Probleme damit.
Am Ende eines langen Ganges gelangten die beiden durch eine Stahltür in einen der Sektionsräume. In der Mitte des Raumes lag auf einem blanken Metalltisch der Leichnam aus Eppertshausen.
Durch eine Tür auf der anderen Seite des Raumes kam Dr. Heiko Bruns auf die beiden Ankömmlinge zu und begrüßte die Polizistin mit einem Schmunzeln: „Guten Tag, die Dame. Habt ihr denn bei euch in Darmstadt nur schöne Frauen? Bisher hatte ich mit Melanie Forstmann zu tun, die hat es im vergangenen Jahr aber leider vorgezogen, einen anderen Mann zu heiraten. Aber was ich hier vor mir sehe, ist ja fast noch hübscher."

„Danke, Herr Doktor", antwortete Miriam. „Ich würde es allerdings vorziehen, nicht nur nach meinem Aussehen beurteilt zu werden."

„Na, ich weiß schon, es geht auch um die *inneren Werte*", flachste der Gerichtsmediziner weiter. „Für diese bin ich ja zuständig, die von unserem Toten wollen wir uns nachher gleich einmal genauer ansehen. Aber Spaß beiseite, mir ist natürlich bewusst, dass es immer um die Persönlichkeit als Ganzes geht. Lassen Sie uns also an die Arbeit gehen."

Damit führte Dr. Bruns seine Besucherin zu dem Sektionstisch und sagte. „Wir haben den Leichnam gewaschen, gemessen und gewogen. Der Mann war 1,79 m groß und hatte mit 77 kg das Idealgewicht. Ich schätze, er war Anfang dreißig. Schauen Sie ihn sich bitte genauer an, was fällt ihnen auf?

PM Fendt kam der Aufforderung nach und meinte: „Der Tote hat – natürlich als er noch lebte – sicher viel Sport getrieben, jedenfalls scheint mir der Körper gut durchtrainiert. Er ist auch, zumindest auf der Vorderseite, die ich sehen kann, gleichmäßig gebräunt, was auf regelmäßigen Aufenthalt unter einer Sonnenbank schließen lässt. Außer dem Kopfhaar kann ich keine Behaarung erkennen, auch nicht im Intimbereich. Wenn Sie den Leichnam nicht schon rasiert haben, ist das noch zu Lebzeiten geschehen. Und dann scheint mir sein *gutes Stück* besonders groß, obwohl mir hier Vergleichswerte fehlen."

„Bravo!" lobte Dr. Bruns. „Miriam, Sie haben eine gute Beobachtungsgabe und alles Wesentliche erfasst. Die Rückseite unseres Toten ist übrigens auch gleichmäßig gebräunt.

Was den Penis angeht: Ich habe natürlich schon sehr viele Männer hier auf dem Tisch gehabt, aber ein Organ in der hier vorliegenden beachtlichen Größe habe ich – zumindest in natura – noch nicht gesehen.

Ist Ihnen am Hals des Toten etwas aufgefallen?"

Miriam schaute nochmals genau hin und fragte: „Meine Sie den kleinen roten Pickel auf der rechten Seite?"

„Das ist kein Pickel, sondern ein Einstich", antwortete Dr. Bruns. Ich denke, dass man hier ein Gift in die Halsschlagader injiziert und damit unmittelbar den Tod herbeigeführt hat. Die toxikologische Untersuchung in unserem Labor läuft noch. Wenn die Ergebnisse vorliegen und wir uns die inneren Organe angesehen haben, wissen wir mehr. Ich vermute, dass man Pentobarbital gespritzt hat, das ist das Standardmedikament, das die Tierärzte zum Einschläfern verwenden und das in entsprechend hoher Dosierung auch für Menschen totbringend ist."

Das Handy von PM Fendt meldete sich. Sie schaute auf das Display und stellte fest, dass ihr Chef anrief: „Sie nahm das Gespräch an und fragte, was es gäbe. „Ich wollte euch nur mitteilen, dass wir den Namen des Toten kennen", sagte Kommissar Waski. „Über ein Gesichtserkennungsprogramm haben wir ihn gefunden. Er heißt Enrico Bertoni und hat eine eigene Webseite. Mehr wissen wir aber noch nicht.

Wie geht es denn bei Ihnen voran?"

Miriam antwortete: „Dr. Bruns will gleich mit der Leichenöffnung beginnen, er ist sich aber ziemlich sicher, die Todesursache gefunden zu haben. Bertoni wurde ein Gift, wahrscheinlich Pentobarbital in die Halsschlagader injiziert. Aber wir bekommen natürlich einen genauen Bericht."

Kommissar Waski bedankte sich und wollte dann wissen, ob die bevorstehende Obduktion für Miriam die erste sei, bei der sie dabei sein muss. Er war froh, als seine junge Kollegin meinte, dass es zu ihrer Ausbildung gehört habe, an Sektionen teilzunehmen und dass sie gewiss nicht überempfindlich reagieren würde. Lutz Waski teilte dann noch mit, dass er für 15:00 Uhr eine Beratung, im Präsidium angesetzt habe, an der sie teilnehmen soll, und beendete das Gespräch.

Dr. Bruns hatte die Antworten von Miriam gehört fragte: „Hat Ihr Chef den Namen des Knaben hier mitgeteilt?"

„Ja", lautete die Antwort, „aber mehr, als dass er Enrico Bertoni heißt und eine eigene Webseite hat, wissen die Kollegen noch nicht."
„Na, da wollen wir uns Enrico einmal von innen anschauen", meinte der Doktor. „Aber seine Adresse werden wir dort gewiss nicht finden. Sind Sie sicher junge Frau, dass Ihnen nicht schlecht wird, wenn ich jetzt zum Skalpell greife?"
Miriam antwortete: „Ich werde hier an der Seite Platz nehmen, aber bestimmt nicht vom Stuhl fallen."

Dr. Heiko Bruns zog sich neue Handschuhe an, streifte den Mundschutz über und schritt zur Tat.
Zunächst präparierte er sorgfältig die Einstichstelle am Hals und das darunter liegende Gewebe heraus und legte alles in eine bereitstehende Metallschale. Dann ging er, assistiert vom Sektionshelfer daran, den Leichnam zu öffnen und begann mit dem klassischen Y-Schnitt. Danach entnahm er die einzelnen Organe, die auch – jedes für sich – in Metallschalen kamen. Während seiner Tätigkeit sprach Dr. Bruns in ein Mikrophon, das um seinen Hals hing.
Dann gingen die beiden Männer daran, die einzelnen Organe zu untersuchen. Sie begannen mit Herz und Lunge und nahmen sich danach Magen und Darm vor.

Sie beendeten ihre Arbeit mit der Inspektion von Nieren, Blase, Prostata, Hoden und Penis.

Die gesamte Prozedur dauerte fast zwei Stunden. Danach entledigte sich der Gerichtsmediziner seiner Arbeitskleidung, kam auf Miriam Fendt zu und sagte:

„Als vorläufiges Fazit kann ich folgende Feststellungen treffen:

– Todesursache ist eindeutig die Vergiftung, das Labor wird dies bestätigen und sicher auch Pentobarbital nachweisen
  Herz und Lunge weisen die entsprechende Symptomatik auf;

– Der Todeszeitpunkt kann auf die zwei Stunden zwischen 23:00 Uhr und 1:00 Uhr vergangene Nacht eingegrenzt werden.

– Kurz vor seinem Tod hatte Herr Bertoni Geschlechtsverkehr, wir konnten im Genitalbereich fremde DNA sicherstellen;

– Auch zwischen 20:00 Uhr und 22:00 Uhr hatte er Geschlechtsverkehr. Ob mit der gleichen Partnerin, ist unklar. Ich vermute, es war eine andere Frau;

– Zwischen 18:00 Uhr und 20:00 Uhr hat Herr Bertoni gegessen und zwar Pizza-Hawaii und dazu Rotwein getrunken, aber maximal zwei Glas.

Das Ganze bekommt ihr natürlich umgehend noch schriftlich. Ich hoffe, es hilft euch den Mörder zu finden und zu überführen.“

PM Fendt bedankte sich und meinte, dass es für sie sehr interessant gewesen sei und sie viel gelernt habe. Dann gestand sie: „Dr. Bruns, ich habe das Fazit eben auf meinem Handy mitgeschnitten, haben Sie etwas dagegen, dass wir Ihre Aussagen so verwenden?"

Dr. Bruns schmunzelte: „Ich habe schon bemerkt, dass Sie meine Rede aufgenommen haben. Wenn Ihnen die Qualität Ihrer Aufnahme nicht ausreicht, ich habe auch aufgenommen und kann Ihnen eine Kopie auf einem USB-Stick mitgeben."
„Das ist ja wunderbar", freute sich Miriam.

Die beiden verabschiedeten sich, wobei Dr. Bruns folgende Bemerkung nicht lassen konnte: „Miriam, ich habe Ihre Kollegin Melanie Forstmann mehrfach zum Essen eingeladen und obwohl sie nicht abgeneigt war, ist es nie dazu gekommen. Darf ich Sie einmal zum Essen einladen? Ich meine es ernst und Sie sollen sich dabei gewiss nicht als Ersatz für Melanie fühlen."
Mit den Worten: „Wenn wir einen geeigneten Termin finden, bin ich nicht abgeneigt, aber jetzt erst einmal – tschüs", gab Miriam dem Doktor die Hand und verließ den Raum.

9.

Mittwoch, 5. Juni; 15:00 Uhr

Im Beratungsraum des K10 der RKI Darmstadt hatten sich die mit der Bearbeitung der beiden Todesfälle in Eppertshausen und Babenhausen befassten Kriminalisten versammelt.

An der Stirnseite des großen Konferenztisches saß der Leiter des K10, Kriminalrat Torsten Haase. Neben ihm hatte Hauptkommissar (HK) Lutz Waski Platz genommen.

Miriam Fendt hatte angerufen und mitgeteilt, dass sie auf dem Weg von der Gerichtsmedizin in Frankfurt sei und etwa fünfzehn Minuten später kommen würde.

Kriminalrat Haase begrüßte die Anwesenden und sagte dann: „Es ist uns bisher noch nicht vorgekommen, dass wir zwei unnatürliche Todesfälle aufklären müssen, die zeitlich und örtlich so nah beieinander liegen. Ob auch ein inhaltlicher Zusammenhang besteht, wird sich zeigen. Für beide Fälle übernimmt HK Waski die Leitung. Lutz, Sie haben das Wort."

Dieser begann: „Wir wollen uns zuerst mit der Toten in Babenhausen befassen. Wir kennen ihren Namen, Carmen Seifert, und wissen, dass sie sich heute früh mit ihrem Ex-Freund Heiko Friedrich in dessen Wohnung treffen wollte, also in der Brentano-Straße 8 in Babenhausen.

In einem Telefongespräch mit Heiko am späten gestrigen Abend hat sie von brisanten Informationen gesprochen, an die sie per Zufall gelangt sei.

An dieser Stelle sei erwähnt, dass Heiko Friedrich und sein Freund Tim Meinert zusammen eine Firma, die KIHT-GmbH, betreiben, die sich mit Forschungen und Vermarktungen von Software im Bereich der *Künstlichen Intelligenz* befasst. Herr Friedrich meinte, dass auf diesem Markt mit harten Bandagen gekämpft würde und Industriespionage und ähnliches nicht auszuschließen sei.

Er hat mir gezeigt, wie aufwändig ihr Büro- und Arbeitsgebäude gesichert ist.

Auf dem Weg vom Wohnhaus zu diesem Gebäude haben wir die Tote gefunden.

Wir nehmen an, dass sie in der Wohnung von Heiko Friedrich auf diesen gewartet hat, dort von dem (den) Täter(n) überrascht wurde und nach hinten zum Firmengebäude geflüchtet ist, in der Hoffnung, dort Tim Meinert anzutreffen.

Der war aber nicht – wie sonst immer um diese Zeit – anwesend, sondern bei seiner Mutter in Eppertshausen. Dazu später mehr.

Jedenfalls wurde Carmen Seifert eingeholt und erschlagen. Nach Lage der Dinge können wir dabei von Vorsatz – also von Mord ausgehen. Wir wollen uns jetzt anhören, was die Spurensicherung ergeben hat. HK Wohlfeld hat diese Arbeiten geleitet. Heinz, ich bitte Sie, das Wort zu nehmen.“

Dieser begann: „Wir waren mit vier Kollegen vor Ort und haben alle Spuren gründlich gesichert und bewertet. Vorab: Der Tathergang, wie ihn Lutz eben geschildert hat, wird durch die Spurenlage eindeutig bestätigt.
Aber von Anfang an. Wir haben vor dem Haus einen PKW VW-Polo gefunden, der auf Carmen Seifert zugelassen ist. Leider hat die Befragung der Nachbarn keine Hinweise ergeben, wann das Auto dort abgestellt wurde. Auch zu An- und Abfahrt der Täter oder zu dem dabei benutzten Fahrzeug gab es keine Hinweise. Auch keine Reifenspuren vor dem Grundstück
Die linke Erdgeschosswohnung, die Heiko Friedrich bewohnt, wurde durchsucht, besser gesagt: Hastig durchwühlt. Die Handtasche von Frau Seifert lag auf dem Fußboden. Sie war durchsucht, aber Bargeld, Ausweise und Schlüssel wurden nicht angerührt.
Es gibt aber keinerlei Einbruchsspuren weder an der Tür noch an den Fenstern. Frau Seifert muss also die Tür selbst geöffnet haben.

Ob etwas fehlt, ist noch nicht endgültig festgestellt. Wir haben Herrn Friedrich, nachdem er sein Gespräch mit HK Waski beendet hatte, gebeten sich umzusehen. Er konnte auf dem ersten Blick keine Verluste feststellen. Bargeld, eine Brieftasche mit Ausweispapieren und ein teurer Fotoapparat lagen offen in der Wohnung, wurden aber nicht beachtet.

Wir haben uns selbstverständlich auch die Tote angesehen, bevor sie zur Gerichtsmedizin abtransportiert wurde. Frau Seifert war mit einer hellen Jeans, einer blau-weiß gemusterten Bluse und einer leichten Windjacke bekleidet. Sie trug normale Unterwäsche und war barfuß in leichten braunen Sneakers.

In der Jacke steckte ein Portemonnaie mit dreißig Euro und Kleingeld. Halsschmuck und Fingerringe waren vorhanden.

Einzig das Handy von Carmen Seifert war nirgends zu finden.

Zwei Dinge sind noch interessant:

Erstens: Wir haben auf der Wiese, rechts von dem Weg, auf dem Carmen Seifert zu dem Firmengebäude gelaufen ist, einen Baseballschläger gefunden. Das dürfte das Tatwerkzeug sein. An der Vorderseite waren mit bloßem Auge Blutspuren und Haarreste zu erkennen. Leider waren aber sonst keine Fingerabdrücke zu finden. Der Täter muss also Handschuhe getragen haben. Einige wenige Faserspuren am Griff konnten gesichert werden, ob diese ausreichen, die Handschuhe zu identifizieren – vorausgesetzt man hätte sie – bleibt abzuwarten. Jedenfalls muss der Täter die Waffe in hohem Bogen in die Wiese geschleudert haben. Warum er sie nicht mitgenommen hat, kann ich mir nur durch den enormen Zeitdruck erklären, unter dem er und die zweite Person, die die Wohnung durchsucht hat, gestanden haben. Sie mussten damit rechnen, dass Heiko Friedrich oder Tim Meinert jeden Moment auftauchen würden.

Wir haben die Tatwaffe mit zur Gerichtsmedizin gegeben, damit die anhaftenden Blut-, Haar-, und Hautpartikel einer DNA-Untersuchung zugeführt werden können.

Zweitens: Das Firmengebäude ist reichlich durch Kameras überwacht, die sich bei jeder Bewegung einschalten und das Geschehen aufzeichnen. Eine dieser Kameras ist auf dem Weg, der zum Gebäude führt, gerichtet. Diese hat den Tathergang aufgenommen. Man sieht, wie Carmen gelaufen kommt und von einer Person, die mit einem schwarzen Kapuzenpullover bekleidet ist, eingeholt und von hinten niedergeschlagen wird, Der Täter, sehr wahrscheinlich ist es ein Mann, trägt eine Maske und schlägt dann auch noch auf die am Boden liegende Frau ein.

Diese Aufnahmen werden wir selbstverständlich noch sehr genau ansehen.“

HK Lutz Waski bedankte sich und stellte dann fest: „Das Motiv für den Mord an Carmen Seifert dürfte im Inhalt des Telefongesprächs mit Heiko Friedrich vom gestrigen Abend zu suchen sein. Herr Friedrich wusste leider aber nur, dass seine Ex-Freundin von Darmstadt aus dem Grand-Hotel angerufen hatte und dort in Begleitung ihrer Freundinnen Erika Dommel und Silvi Arndt war. Wir müssen die beiden Frauen befragen und uns auch in der Wohnung von Carmen Seifert, die sie sich mit Erika Dommel teilte, umsehen. Nach Ende unserer Beratung, legen wir fest, wer das übernimmt.

Wenden wir uns nun dem Toten aus dem Garten der Familie Meinert zu. Dank der Mithilfe von Heiko Friedrich, der sein Bilderkennungsprogramm eingesetzt hat, wissen wir, dass der Tote ENRICO BERTONI heißt und im Internet eine Webseite mit folgendem Text betreibt:“

Für Frauen biete ich Dienstleistungen aller Art an – auch außergewöhnliche.
Absolute Diskretion ist für mich selbstverständlich.
Auch Hausbesuche sind möglich.
Informationen, Beratungen, Termine unter 0159-663366 oder enribert@web.de

Die anwesenden Kriminalisten lasen, was ihr Kollege Waski da auf die Leinwand projiziert hatte und KR Torsten Haase brachte die Gedanken aller auf den Punkt, indem er sagte: „Nachdem damals bei der *Toten aus der Sauna* Call-Girls eine Rolle gespielt haben, scheint es, dass wir es diesmal mit einem Fall männlicher Prostitution zu tun haben."

„Dem ist absolut zuzustimmen", übernahm wieder HK Waski die Gesprächsführung. „Wir müssen die Lebensumstände von Bertoni kennenlernen und uns in seiner Wohnung umsehen. Da OK Durmaz von der Vermisstenstelle zur Kriminaltechnik (KTU) unterwegs war, habe ich seine Chefin, HK Margot Leitner, gebeten, uns Daten zu Enrico Bertoni zu beschaffen, vor allem seine Adresse.

Wer von uns nach dem Ende dieser Beratung dorthin fährt, entscheiden wir nachher.

Jetzt sollte uns interessieren, was die Mitglieder der Familie Meinert zu dem Toten in ihrem Garten zu sagen hatten.

Melanie", wandte sich Lutz an HK Forstmann, „berichte uns bitte, was du von Carola Meinert erfahren hast."

Die so Angesprochene antwortete: „Das kann ich kurz mit einem Wort sagen – Nichts!

Frau Meinert war kaum ansprechbar und sagte nur immer wieder monoton: *Ich kenne den Mann nicht.* Allerdings glaube ich ihr das nicht, aber Dr. Dreikorn, der bei ihr war, meinte, er habe ihr ein Beruhigungsmittel gespritzt und es hätte keinen Zweck, die Frau weiter zu bedrängen.

Zum Glück kam dann bald ihr Sohn Tim. Er erklärte, dass er bei seiner Freundin übernachtet hätte und eigentlich von dort gleich in die Firma fahren wollte. Der Anruf seiner Mutter hat ihn im Auto erreicht und er ist gleich hierher gefahren. Tim sagte zu mir, dass er dringend mit Lutz Waski sprechen müsste und murmelte vor sich hin. Das klang wie: *Ich bin schuld.* Auf Nachfrage gab er dazu aber keine Antwort und erklärte nur: *Ich muss ganz dringend mit Kommissar Waski sprechen.*
Ich habe Tim Meinert mitgebracht, Er wartet in unserem Aufenthaltsraum.“

HK Waski bedankte sich bei seiner Kollegin und sagte dann: „Mit dem Jungen, den ich von klein auf kenne, werde ich mich nach unserer Beratung unterhalten. Zunächst soll aber Ralf berichten, was seine Recherchen in München ergeben haben.“

KK Kleinert nahm das Wort: „Die Kollegen in München waren sehr kooperativ. Sie konnten feststellen, dass Professor Meinert an den beiden vergangenen Tagen an der internationalen Tagung zu seinem Fachgebiet teilgenommen und gestern einen längeren Vortrag gehalten hat, an dem sich eine ausgedehnte Diskussion anschloss. Am Abend saß man noch in fröhlicher Runde zusammen. Silvio Meinert bewohnte für drei Nächte im Tagungshotel *Center-Park* ein Doppelzimmer, nach Auskunft des Hotelpersonals mit seiner Ehefrau! Ich denke, das wird wohl die Sekretärin gewesen sein. Aber das wird uns der Professor sicher sagen, wenn er zuhause angekommen ist. Er befindet sich auf dem Rückweg.“

HK Waski schüttelte den Kopf und meinte, dass er Silvio Meinert eigentlich als einen Mann eingeschätzt habe, für den es nur seine Arbeit gab. „So kann man sich täuschen“, sagte Lutz und setzte fort: „Jetzt fehlen uns nur noch die Ergebnisse der Spurensicherung. OK Durmaz sollte sich eigentlich darum kümmern. Da aber Daniel hier anwesend ist, wird er diese sicher selbst vortragen.“

HK Daniel Goebel, der Leiter der KT, nickte und kam dann gleich zur Sache:
„Zunächst zu den Spuren im Garten der Familie Meinert: Wir konnten eindeutig feststellen, dass der Tote bis zu der Stelle, wo er lag, getragen wurde. Es müssen also mindestens zwei Personen beteiligt gewesen sein. Am Leichnam selbst und in dessen Umfeld konnten keine brauchbaren Spuren gesichert werden.

Anders sieht es mit dem grünen Ford-Transit aus. Da dieser wegen der völlig entladenen Batterie nicht gestartet werden konnte, mussten ihn die Täter stehen lassen.

Bei seiner Untersuchung sind wir reichlich fündig geworden.

Wir konnten Folgendes feststellen:

- Der Lieferwagen gehört einer Gärtnerei in Groß-Zimmern. Er wurde gestern gegen 18:00 Uhr auf dem Betriebsgelände abgestellt und wurde heute früh vermisst. Eine entsprechende Anzeige wurde 9:25 Uhr beim zuständigen Polizeirevier erstattet;

- Die polizeilichen Kennzeichen sind gefälscht, die Originale befinden sich an einem BMW eines Arztes aus Rheinheim;

- Die auf beiden Längsseiten zu sehende Aufschrift *Hausmeisterdienst Werner* gehört nicht zur Lackierung, sondern besteht aus selbstklebenden Buchstaben, wie man sie in einschlägigen Geschäften kaufen kann. Eine Befragungsaktion in dieser Richtung dürfte aufwändig werden;

- Im und am Fahrzeug gibt es zahlreiche Fingerabdrücke und auch reichlich DNA-Material. Hier muss abgeglichen werden, was davon durch die reguläre Nutzung des Lieferwagens entstanden ist und was eventuell den Tätern zugeordnet werden kann.

Interessant sind zwei Daumenabdrücke an den aufgeklebten Buchstaben, weil die sicher von einem der Täter stammen.
Aber leider lieferte ein Vergleich der sichergestellten Spuren mit unserer Datenbank keine Ergebnisse;
– Eine letzte Feststellung: Die Leiche von Enrico Bertoni ist eindeutig in diesem Ford-Transit transportiert worden. Das belegen zahlreiche Spuren im Kofferraum und an der vorgefundenen Holzpalette."
Mit der Bemerkung: „Es liegt also noch reichlich Arbeit vor uns", beendete HK Goebel seine Ausführungen.

Während der Ausführungen des Kriminaltechnikers war PM Miriam Fendt gekommen und berichtete nun kurz über die Resultate der gerichtsmedizinischen Untersuchung des toten Enrico Bertoni. Sie nannte folgende Fakten:
– Bertoni wurde durch die Injektion eines hochdotierten Barbiturates (wahrscheinlich Pentobarbital – der Laborbefund steht noch aus) getötet;
– Sein Tod ist zwischen 23:00 Uhr und 1:00 Uhr vergangene Nacht eingetreten;
– Kurz vor seinem Tod hatte er Geschlechtsverkehr, die DNA seiner Partnerin wurde sichergestellt;
– Vermutlich hatte er auch zwischen 20:00 und 22:00 Uhr Geschlechtsverkehr;

Dr. Bruns schickt uns einen ausführlichen Bericht, da finden sich auch weitere Ergebnisse z.B. die der Magenuntersuchung.

HK Waski bedankte sich und sagte: Wir machen eine kurze Pause. Danach wird festgelegt, wie es weiter geht, wer welche Aufgaben übernimmt."

Nach der Pause, in der sich Lutz mit Torsten Haase, beraten hatte, ergriff er das Wort:
„**Erstens:** Wir müssen uns in der Wohnung von Carmen Seifert umsehen, ob sich vielleicht nähere Informationen dazu finden lassen, was sie Heiko Friedrich so dringend mitteilen wollte. Vor allem müssen wir ihre Freundin Erika Dommel und ihre Bekannte Silvi Arndt zum Verlauf des gestrigen Abends befragen. Was haben die beiden von dem Gespräch am Nachbartisch und dem anschließenden Telefonat zwischen Carmen und Heiko mitbekommen?
Mit dieser Aufgabe möchte ich HK Melanie Forstmann und PM Miriam Fendt betrauen.

Zweitens: Frau Meinert muss nochmal eingehend befragt werden. Ich denke, sie wird sich inzwischen von dem Schock über den toten, nackten Mann in ihrem Garten erholt haben.
Ich bitte KK Gisela Bernd dieses Gespräch zu führen.

Drittens: Mit Professor Meinert muss nach seiner Rückkehr aus München gesprochen werden. Neben der Frage nach seinem Alibi wäre auch zu klären, ob er sich einen Reim darauf machen kann, dass ausgerechnet in seinem Garten ein Toter liegt. KK Ralf Kleinert sollte dies übernehmen.

Viertens: Es muss jemand mit der Freundin von Tim Meinert sprechen, mit der dieser die ganze Nacht zusammen gewesen sein will. Nach Absprache mit KR Haase sollte dies KK Evi Hauser von unserer Abteilung *Sexualdelikte* übernehmen.

Fünftens: Tim Meinert muss gehört werden. Nach dem Ende unserer Beratung werde ich mich ausführlich mit ihm unterhalten.

Sechstens und vielleicht am wichtigsten: Es gilt alles über Enrico Bertoni in Erfahrung zu bringen. Wie schon gesagt, habe ich HK Leitner gebeten, in dieser Richtung tätig zu werden. Über seine Web-Seite lässt sich sicher die Adresse von Bertoni ermitteln. Es ist aber notwendig, weitere Informationen über ihn zu gewinnen und auch seiner Wohnung einen Besuch abzustatten. Diese Aufgaben sollten KK Tina Fritz und OK Ali Durmaz übernehmen. Wenn ich das Gespräch mit Tim Meinert beendet habe, komme ich dazu.

Falls es keine weiteren Fragen gibt", Lutz Waski schaute sich in der Runde um, erntete aber nur allgemeine Zustimmung, „treffen wir uns morgen früh 9:00 Uhr hier zur Beratung.

Über die von euch erzielten Ergebnisse möchte ich aber vorher direkt informiert werden. Ich bin – wie ihr wisst – jederzeit über mein Handy erreichbar."

Damit war die Beratung beendet.

10.

Mittwoch, 5. Juni; 16:30 Uhr

Am kleinen runden Tisch im Arbeitszimmer des Kommissars Waski saßen sich dieser und Tim Meinert gegenüber.

Tim machte einen sehr bedrückten Eindruck und begann: „Onkel Lutz, oder sollte ich besser Kommissar Waski sagen?" Der schüttelte bloß den Kopf, lachte und antwortete: „Natürlich nicht," worauf Tim weitersprach: „Ich fürchte, dass ich am Tod dieses Mannes in unserem Garten schuld bin."

Lutz Waski war erstaunt und antwortete: „Tim, das kann ich mir nicht vorstellen, aber erzähle mir das Ganze von Anfang an. Lass dir Zeit."

Tim berichtete von der Firma KITH-GmbH, die er gemeinsam mit Heiko Friedrich aufgebaut hat, und mit der sie recht erfolgreich bei der Entwicklung von Software im Bereich der *Künstlichen Intelligenz* tätig sind. Diese Firma wollen Heiko und er verkaufen und dafür gibt es auch ein sehr gutes Angebot von dem Software-Riesen PAS. Dieser bietet uns neben etlichen Millionen langfristige Arbeitsverträge und garantiert die eigenständige Weiterführung unserer bisherigen Forschungen. Tim redete weiter: „Heiko und ich sind nicht abge-

neigt, dieses Angebot anzunehmen. Aber selbstverständlich werden wir dies mit Heikos Vater besprechen, der als Steuerberater und Anwalt die Firma von Beginn an bestens betreut hat. Er und seine Frau kommen nächste Woche von einer Kreuzfahrt zurück.
Das Angebot kam übrigens nicht von PAS direkt, sondern von einer Beraterfirma, der FBOC (*Frankfurt--Bogdanow-Consulting*).

Mit dem Geschäftsführer dieser Firma, Herrn Bogdanow, habe ich mich – selbstverständlich in Abstimmung mit Heiko – gestern zum Mittagessen getroffen.

Zuvor war ich in der Firma und erhielt eine ganz eigenartige E-Mail. Im Betreff stand: *Tim Meinert – persönlich – wegen seiner Mutter.*
Ich habe diese Mail angesehen und hier auf diesen USB-Stick gespeichert."
Tim legte das Speichermedium auf den Tisch.

Die beiden Männer gingen zum Schreibtisch, der Kommissar startete seinen PC und schob den USB-Stick ein.
Es dauerte nur einen Moment, dann erschien auf dem Bildschirm folgender Text:

> Hören Sie sich im Anhang das Liebesgestöhne Ihrer Mutter an.
> Wenn Sie nicht wollen, dass diese Tonaufnahme samt zugehörigem Bild, Name und

Adresse in den sozialen Medien erscheint, legen Sie Zehntausend Euro bereit.
Wenn Sie bereit sind, zu zahlen, werden alle kompromittierenden Dateien gelöscht. Sie erfahren, wann und wo Sie das Geld übergeben können.
Sollten Sie sich weigern zu zahlen oder die Polizei einschalten, können Sie das Ganze gleich im Internet sehen.

„Du siehst, Onkel Lutz, ich werde erpresst.

Ich habe in den Anhang hineingehört. Es ist eindeutig meine Mutter, die da beim Sex aufgenommen wurde. Das war widerlich und ich konnte mir die Aufnahme nicht bis zum Schluss anhören.

Ich bin dann zum Mittagessen nach Darmstadt ins Grand-Hotel gefahren, Herr Bogdanow hatte eingeladen. Beim Essen legte er mir den Entwurf eines Kaufvertrages für unsere Firma vor, wo all das stand, was er schon mündlich angeboten hatte.

Ich habe ihm gesagt, dass er meinerseits mit einer Zustimmung rechnen könne, das Ganze aber noch mit meinem Partner und dessen Vater abgesprochen werden muss.

Während der ganzen Zeit ging mir aber die Erpressergeschichte nicht aus dem Kopf und Bogdanow hatte dies wohl bemerkt. Er fragte jedenfalls, ob mich irgendetwas bedrücken würde. Daraufhin habe ich ihm von dem Erpressungsversuch erzählt.

Er meinte, ich solle mir keine Sorgen machen, er würde Leute kennen, die das Ganze zu klären in der Lage wären.

Am Nachmittag habe ich dann Heiko von dem Gespräch berichtet und ihm den Entwurf des Kaufvertrages übergeben. Er meinte auch, dass wir verkaufen sollten, weil wir uns dann ausschließlich unseren Forschungen widmen könnten. Von der Erpressergeschichte habe ich aber nichts gesagt.

Danach bin ich zu Viola, das ist meine Freundin, gefahren. Sie hatte gekocht und wir wollten einen gemütlichen Abend verbringen. Den Erpressungsversuch habe ich ihr gezeigt. Auch über die Zusage von Bogdanow habe ich berichtet. Beide waren wir der Meinung, dass man nur abwarten könne.

Heute so gegen 12:00 Uhr habe ich nun folgende WhatsApp-Nachricht erhalten:"
Tim holte sein Smartphon hervor und rief die Nachricht auf. Dort stand:

Wir haben Ihren Auftrag ausgeführt.
Der Tote im Garten Ihrer Mutter ist der Erpresser.
Wir hoffen, dass Sie diese *Dienstleistung* bei unseren künftigen Beziehungen berücksichtigen werden.

Nachdem Kommissar Waski die Nachricht gelesen hatte, sagte Tim Meinert: „Onkel Lutz, ich habe doch aber doch nicht von Mord gesprochen, um das Problem zu lösen. Ich habe nur gesagt, dass ich mich freuen würde, wenn die Erpressergeschichte vom Tisch käme und meine Mutter eine Warnung erhielte. Ich habe doch aber keinen Auftrag erteilt und auch nicht zu einem Mord angestiftet.
Bin ich denn irgendwie schuldig?"

„In keinster Weise", lautete die beruhigende Antwort von Lutz Waski. Er fuhr fort: „Ich denke, hier will man dich gefügig machen, dass du bei der Arbeit eventuell Dinge tust, die eigentlich *no gos* sind.
Aber für unsere Ermittlungen war unser Gespräch sehr wichtig. Du bist sicher einverstanden, dass ich das Wesentliche aufgezeichnet habe und meinen Kollegen zugänglich machen werde. Dein Smartphone möchte ich gern in unserer Kriminaltechnik untersuchen lassen. Vielleicht lässt sich der Absender der WhatsApp-Nachricht ermitteln. Viel Hoffnung habe ich zwar nicht, aber einen Versuch ist es wert. Wenn wir das Gerät gleich zur KTU bringen, kannst du warten, bis es die Kollegen untersucht haben.

Ich bringe dich jetzt zur KTU und muss mich dann verabschieden. Ich glaube, Tim, du hast uns sehr geholfen.

Wenn die Kollegen der KTU mit deinem Smartphon fertig sind, solltest du zu deiner Mutter fahren. Ich werde heute Abend nochmals bei euch vorbeischauen, es kann aber spät werden."

Lutz Waski bedankte sich nochmals bei Tim und brachte ihn zu KTU. Danach ging er zu seinem Chef, um diesen über den aktuellen Ermittlungsstand zu informieren.

11.

Mittwoch, 5. Juni; 17:00 Uhr

Carola Meinert saß im Sessel in ihrem Wohnzimmer und hatte ein Glas Rotwein vor sich stehen, von dem sie bisher nur genippt hatte.
Neben ihr lag ein aufgeschlagenes Buch.
Außerdem lief im Fernsehen die Quizsendung *Gefragt – Gejagt*.
Auf keines von beiden konnte sich Carola konzentrieren. Ihre Gedanken kreisten unaufhörlich um den Toten in ihrem Garten.
Wenig später ertönte die Türklingel.
Frau Meinert ging nach vorn, betätigte die Wechselsprechanlage und fragte wer da sei.

„Ich bin Kommissarin Bernd, eine Mitarbeiterin von Lutz Waski. Kann ich bitte hereinkommen?“ Dabei hielt die Polizistin ihren Dienstausweis vor die über der Eingangstür befindliche Überwachungskamera.
Carola Meinert öffnete die Haustür, begrüßte die Kommissarin, bat diese, ihr ins Wohnzimmer zu folgen und in einem der um einen ovalen Glastisch gruppierten Sessel Platz zu nehmen. Sie hatte offensichtlich auch dort gesessen, wovon eine angebrochene Flasche Rotwein und ein halbvolles Glas zeugten.

„Es ist sonst nicht meine Art, am helllichten Tag Alkohol zu trinken,“ begann Frau Meinert das Gespräch. „Aber heute hilft er mir vielleicht, mit der ganzen Geschichte besser fertig zu werden. Darf ich Ihnen auch ein Glas Rotwein anbieten? Der ist gut, wir haben ihn direkt vom Winzer.“

„Danke“, lehnte Frau Bernd ab. „Ich trinke zwar gern ab und zu mal ein Gläschen, aber niemals im Dienst. Zu einem Glas Wasser würde ich aber nicht nein sagen.“

Während die Hausherrin den Fernseher abstellte und in die Küche eilte, um das Gewünschte zu holen, sah sich die Kommissarin das Wohnzimmer an. Sie fand es sehr geschmackvoll eingerichtet, mit hellen Tapeten, hellen Möbeln und dazu passend, einem großen flauschigen Teppich. Eine Stirnseite wurde fast vollständig von einer bis unter die Decke reichenden Schrankwand eingenommen, in die ein großer Flachbildfernseher integriert war. Die Sitzgarnitur stand im richtigen Abstand davor.

Die linke Zimmerfront bestand fast nur aus Glas. Zwei große Schiebetüren zu einem Wintergarten standen offen und dahinter hatte man freien Blick auf den Garten.

Carola Meinert kam zurück, in der Hand eine Karaffe mit Wasser und ein Glas. Sie setzte sich auf ihren Platz, schenkte ihrer Besucherin ein und sah diese erwartungsvoll an.

Gisela Bernd begann: „Frau Meinert, ich kann mir vorstellen, dass Sie die ganze Geschichte ziemlich mitnimmt. Es ist ja keine Kleinigkeit, plötzlich einen toten Mann, noch dazu nackt, in der Nacht im Garten zu finden.

Es ist ziemlich sicher, dass dieser keines natürlichen Todes gestorben ist. Wir müssen also ermitteln, wobei wir uns nicht vorstellen können, dass die Leiche aus Zufall bei Ihnen gelandet ist. Ich bitte Sie daher eindringlich, mir alles zu erzählen, was Sie wissen oder vermuten. Schön wäre es auch, wenn Sie erst einmal von sich berichten können. Mein Chef kennt Sie zwar – ich weiß nicht wie gut – aber ich würde mir gern selbst ein Bild von Ihnen machen."

Frau Meinert, offensichtlich froh, nicht sofort von dem Toten reden zu müssen, schilderte ausführlich ihren Lebenslauf.

Die Kommissarin schalte ein Aufnahmegerät ein – Frau Meinert hatte zugestimmt – und hörte, ohne zu unterbrechen aufmerksam zu.

Dabei erfuhr sie Folgendes:

Carola Meinert ist 49 Jahre alt, glücklich verheiratet und hat zwei erwachsene Kinder.

Ihre Mutter ist Ungarin, sie selbst ist aber in Deutschland groß geworden, weil sie mit ihren Eltern 1956 nach dem missglückten Aufstand geflüchtet und in Hessen gelandet waren. Carolas Vater war Bauingenieur. Die Eltern leben jetzt in einer Seniorenresidenz. Zuvor hatten die drei in einer schönen Wohnung in einem Zweifamilienhaus in Darmstadt-Eberstadt gewohnt. Geschwister hat Frau Meinert nicht. Sie ist in Darmstadt zur Schule gegangen und hat dort 1994 auch ihr Abitur mit sehr guten Noten bestanden. Danach hat sie ein Germanistikstudium an der Goethe-Universität in Frankfurt begonnen, aber gleichzeitig weitere Sprachen studiert. Vor allem Finnisch hat sie interessiert, sicher auch, weil es Gemeinsamkeiten mit ihrer zweiten Muttersprache, dem Ungarischen, gibt.

Schon während ihrer Gymnasialzeit hatte sie Silvio, ihren späteren Mann, kennengelernt. Dieser ist zehn Jahre älter, hatte sein Studium an der TU Darmstadt beendet und war dabei, seine Promotion abzuschließen. Die beiden haben im Frühjahr 1995 geheiratet. Im Herbst wurde ihr Sohn Tim geboren, drei Jahre später ihre Tochter Kirsten. Die junge Familie fand ihr Unterkommen in Silvios Elternhaus, das dessen Eltern 1986 in Eppertshausen gebaut hatten. Diese hatten sich sehr darauf gefreut, ihre Enkelkinder zu betreuen und heranwachsen zu sehen. Leider war diese Freude nur von kurzer Dauer. Ein halbes Jahr nach Kirstens Geburt ist zuerst Silvos Vater verstorben, wenige Wochen später auch seine Mutter. Er hat sich von diesen Schicksalsschlägen aber nicht aus der Bahn werfen lassen und ist heute als Professor der Leiter des Institutes für *Vergleichende Anthropologie* der Goethe-Universität.

Carmen Meinert hat neben den Geburten ihrer beiden Kinder das Studium fortgesetzt und 2003 mit dem Master-Abschluss beendet.

Danach hatte sie eine Halbtagsstelle als Lektorin bei einem renommierten Darmstädter Verlag.

Seit mehr als zehn Jahren arbeitet sie nun freiberuflich als Dolmetscherin und Übersetzerin. Sie kann sich vor Aufträgen kaum retten, weil insbesondere ihre Kenntnisse in Finnisch und Ungarisch gefragt sind.

„Wenn ich mein Leben so betrachte", begann Carola Meinert ihre Rede, „müsste ich eigentlich glücklich und zufrieden sein. Wir haben ein schönes Haus, keine finanziellen Sorgen, die Kinder entwickeln sich prächtig. Ich habe einen Beruf, den ich sehr gern ausübe und ich habe einen Mann, der mich liebt. Unser Eheleben ist harmonisch, wenngleich nicht mehr so leidenschaftlich wie zu Beginn. Aber was will man denn kurz nach der Silberhochzeit erwarten, zumal Silvio beruflich sehr stark belastet und außerdem zehn Jahre älter ist.

Mit meiner besten Freundin Monika, die ich bei unserer gemeinsamen Lektorentätigkeit gefunden hatte, gehe ich regelmäßig Kaffeetrinken. Dabei reden wir über Gott und die Welt und vor etwa einem halben Jahr hatten wir wieder einmal das Thema, was erwarten wir eigentlich vom Leben. Dabei muss wohl die Unzufriedenheit mit meiner derzeitigen Situation deutlich geworden sein. Jedenfalls stand Monika auf, holte ihr Smartphon und zeigte mir folgende Anzeige, die ich auf mein Gerät überspielt habe. Hier ist sie:"
Kommissarin Bernd beugte sich über Carolas Handy und konnte lesen:
Für Frauen biete ich Dienstleistungen aller Art an – auch außergewöhnliche.
Absolute Diskretion ist für mich selbstverständlich.
Auch Hausbesuche sind möglich.
Informationen, Beratungen, Termine unter 0159-663366 oder enribert@web.de

Frau Meinert redete weiter: „Monika sagte dann, sie hätte diese Nummer angerufen, einen Termin vereinbart und den besten Sex ihres Lebens erlebt. Inzwischen sei sie schon mehrmals bei Enrico, so heißt der Knabe, gewesen und habe es nie bereut, auch wenn es jedes Mal 400 Euro gekostet hat. Sie riet mir, es auch einmal mit Enrico zu versuchen.

Zunächst hatte ich ziemlich Skrupel, habe aber am nächsten Tag doch die in der Anzeige genannte Nummer gewählt.

Es ertönte eine sonore Männerstimme vom Band, die mich bat, eine Telefonnummer anzugeben, unter der ich erreichbar wäre.

Ich habe meine Handynummer genannt.

Nach etwa einer Stunde kam der Rückruf. Ich bezog mich in dem folgenden Gespräch auf Monika und sagte, dass ich auch an einer solchen Dienstleistung interessiert sei. Daraufhin erfuhr ich den Namen ENRICO BERTONI und die Anschrift DARMSTADT-KRANICHSTEIN ALFRED-KRUPP-STRAßE 7.

Wir vereinbarten einen Termin für den nächsten Tag. Enrico sagte, wenn ich vor dem Haus stünde, solle ich ihn anrufen, er würde dann die Einfahrt zur Tiefgarage öffnen. Ich solle dort parken und mit dem Aufzug in die 10. Etage kommen, dort würde er mich erwarten.

Mit angespannter Neugier folgte ich diesen Anweisungen. Als ich im 10. Stock den Lift verließ, stand in der geöffneten Wohnungstür ein großer blonder junger Mann, der sehr sympathisch wirkte. Er stellte sich als Enrico vor und bat mich herein. Wir gingen in ein geräumiges Wohnzimmer, wo eine große Fensterfront mit einem davor liegenden Balkon ins Auge sprang. Die Aussicht über Darmstadt war eindrucksvoll,

Vor der rechten Seitenwand befand sich die Küche. Diese war mit einer Art Theke abgegrenzt. Davor stand ein Esstisch mit drei Stühlen. Enrico bat mich aber an einem kleinen Couchtisch entweder auf einen der beiden Sessel oder auf dem kleinen Sofa Platz zu nehmen. Dorthin setzte ich mich und hatte einen großen Fernseher, der mitten im Raum stand, im Blick. Aus dem rechts stehenden Schrank holte Enrico zwei Gläser und aus dem Kühlschrank in der Küche eine Flasche Prosecco. Er goss ein und sagte: *Carola wir wissen beide, was wir wollen. Auf dass es ein schöner Nachmittag werde – Prost.*

Wir tranken und Enrico redete weiter: *Du kannst schon einmal nebenan ins Schlafzimmer gehen und dir es dort gemütlich machen. Du kannst mir übrigens voll vertrauen, ich lasse regelmäßig AIDS-Tests machen, erst gestern habe ich die Ergebnisse des letzten erhalten – natürlich negativ. Aber beim ersten Mal sollten wir auch Kondome benutzen.*

Ich ging dann ins Schlafzimmer, das von einem riesigen französischen Bett dominiert wurde. Kurz danach kam Enrico, er war bis auf einen kurzen Slip bereits völlig nackt. Er fing an, mich zu entkleiden und es begann ein langes Vorspiel, bei dem er mein Verlangen stetig steigerte. Dann kamen wir zur Sache und ich wusste zeitweise nicht, wie mir geschah.

Am Ende konnte ich nur noch denken, Monika hatte recht, wenn sie vom besten Sex ihres Lebens sprach, mir ging es genauso."

Carola machte eine Pause und griff zu ihrem Rotweinglas, nahm einen Schluck und schaute gedankenverloren vor sich hin.
Gisela Bernd ließ ihr Zeit, fragte dann aber doch, wie die Geschichte weiter ging.
„Das Ganze war für mich wie eine kombinierte Psycho/Physiotherapie", meinte Carola Meinert. „Ich habe Enrico fünfhundert Euro gegeben und mich verabschiedet, wobei wir einen nächsten Termin verabredet haben.
Von da an habe ich meinen *Therapeuten* regelmäßig, etwa alle drei Wochen besucht.
Nun lag dieser heute früh tot in unserem Garten. Ja – der Tote ist Enrico Bertoni. Ich kann mir keinen Reim darauf machen, warum er tot ist und wieso er in unserem Garten lag.
Silvio kann damit überhaupt nichts zu tun haben, denn erstens war er in München und zweitens habe ich ihm von meinen Therapiestunden, natürlich ohne Einzelheiten, erzählt. Er hat gemeint, wenn es mir guttut, sei das in Ordnung, er sei ja auch nicht abgeneigt, mal von fremden Früchten zu naschen. Unsere Ehe lief in den letzten Monaten so gut wie lange nicht. Ich war ausgeglichen, immer fröhlich und voller Tatendrang, Gestern Abend war ich noch bei Enrico – und nun ist er tot."

Kommissarin Bernd bedankte sich für die ausführliche Schilderung, wollte aber genauer wissen, wann der Besuch gestern war. Sie erfuhr, dass Frau Meinert gegen 18:00 Uhr gekommen und etwa zwei Stunden geblieben war. Dann sagte sie: „Frau Meinert, ich kann mir denken, dass es Ihnen nicht leicht gefallen ist, so offen über Ihr Verhältnis zu Herrn Bertoni zu sprechen. Aber ich denke, Ihre Aussagen werden uns sehr helfen, denjenigen zu finden, der für seinen Tod verantwortlich ist. Bevor ich mich verabschiede, muss ich noch kurz telefonieren."

Gisela Bernd rief ihre Dienstelle an und sagte: „Das Gespräch mit Frau Meinert war sehr aufschlussreich. Ich komme jetzt zurück. Doch vorab: Der Tote heißt Enrico Bertoni und wohnt in der Alfred-Krupp-Straße 7 in Darmstadt-Kranichstein."

Danach ging sie zur Haustür, reichte Frau Meinert die Hand und meinte: Ich bedanke mich nochmals bei Ihnen und hoffe, dass Sie jetzt ein bisschen zur Ruhe kommen. Natürlich müssen wir das Wesentliche Ihrer Aussagen noch zu Protokoll nehmen, aber das hat Zeit."

Damit ging die Kommisssarin zu ihrem Auto und fuhr nach Darmstadt.

12.

Mittwoch, 5. Juni; auch 17:00 Uhr

Kriminalkommissar Ralf Kleinert hatte sich telefonisch mit Prof. Silvio Meinert, der mit seinem Auto auf der Rückfahrt von München war, verständigt. Die beiden hatten vereinbart, sich in der RKI Darmstadt zu treffen.

Beunruhigt durch die Ereignisse, die sich bei ihm Zuhause zugetragen hatten, wollte Professor Meinert zwar schnellstmöglich zu seiner Frau, aber es galt auch, seine Sekretärin, die ihre Wohnung in Darmstadt hat, heimbringen. Außerdem hatte KK Kleinert geltend gemacht, dass sich Carola Meinert gerade in einem Gespräch mit seiner Kollegin Gisela Bernd befinden würde, weshalb als Gesprächsort das Präsidium sinnvoll war.

Prof. Meinert wollte zunächst aus erster Hand wissen, was sich denn da auf seinem Grundstück zugetragen hat.

Ralf Kleinert berichtete von den nächtlichen Anrufen, mit denen Frau Meinert seinem Chef, HK Lutz Waski, und Dr. Dreikorn herbeigerufen hatte. Er erzählte weiter, dass die zwei einen nackten Mann im Garten tot aufgefunden hatten und dass ein grüner Lieferwagen eine Rolle spielen würde.

Der Kommissar fragte den Professor, ob er sich einen Reim auf diese Geschichte machen könne oder irgendwelche Ahnungen hätte, wer oder was möglicherweise dahintersteckt.

Die Antwort war ein heftiges Kopfschütteln und die Aussage, dass ihm das Ganze völlig unverständlich und unerklärlich ist.

Ralf Kleinert fragte weiter: „Herr Professor, verstehen Sie meine Frage bitte nicht falsch, aber wir müssen wissen, wo Sie sich gestern aufgehalten haben."

Prof. Meinert antwortete: „Wenn Sie mich nach meinem Alibi fragen – ich wüsste zwar nicht, warum ich eines benötigen sollte – meines ist bombensicher. Vom 3. bis 4. Juli, also bis gestern, fand in München ein internationaler Kongress zur Anwendung von Desoxyribonukleinsäure (DNA)-Untersuchungen bei anthropologischen Forschungen im Center-Parkhotel statt.
Ich war Teilnehmer und habe gestern einen Vortrag gehalten.

Wir, meine Sekretärin und ich, sind schon am Sonntag nach München gefahren und haben drei Nächte im Tagungshotel gewohnt. Ich war auch die ganze Zeit in München. Gestern nach meinem Vortrag gab es noch eine längere Diskussion, am Abend haben wir noch im kleinen Kreis zusammengesessen und für die Nächte ist meine Sekretärin das Alibi, wir hätten ein Doppelzimmer."

Ralf Kleinert staunte und fragte spontan: „Was sagt da Ihre Frau dazu? Wie ist denn ihre Ehe? HK Waski, den Sie ja recht gut kennen, hat uns den Eindruck vermittelt, dass da bei Ihnen alles okay sei.“

„Ist es auch“, lautete die Antwort. „Aber wissen Sie, meine Frau ist zehn Jahre jünger als ich, ich bin jetzt 58, und wir haben vor vier Jahren unsere Silberhochzeit gefeiert. Carola ist in ihrem Beruf als Übersetzerin und Dolmetscherin sehr gefragt und verdient gutes Geld. Unser Sohn Tim hat mit seiner Firma *KIHT-GmbH*, die er mit seinem Freund Heiko Friedrich gegründet hat, absolutes Glück gehabt – wozu natürlich auch entsprechendes Können gehört und ich verdiene ja auch nicht schlecht.

Kirsten studiert zwar noch, aber finanziell geht es uns sehr gut. Es gibt bei uns in der Familie keine Spielsucht und keine Drogenprobleme.

Dennoch waren Carola und ich nicht völlig zufrieden. Der Ehealltag lief in gewohnten Bahnen, aber vieles im Leben war zur reinen Routine geworden, auch der wöchentliche Sex. Wir haben uns öfters darüber unterhalten, aber zunächst keinen Ausweg gefunden.

Um Carola habe ich mir echte Sorgen gemacht, weil sie depressive Phasen hatte, die natürlich mit der Hormonumstellung im Leben einer 48-jährigen Frau zusammenhängen.

Vor etwa drei Monaten trat dann eine radikale Veränderung ein. Carola wurde fröhlich und unternehmungslustig und auf Nachfrage meinte sie, dass sie einen guten Therapeuten gefunden habe, bei dem sie eine Spezialbehandlung bekomme. Ich habe mir schon gedacht, dass da eine sexuelle Komponente im Spiel sein könnte, war aber froh, wie harmonisch unser Zusammenleben wieder verlief. Andererseits habe ich den Verlockungen einer jungen Frau keinen ernsthaften Widerstand entgegengesetzt. Carola wird das sicher verstehen.
Glauben Sie, dass der Tote in unserem Garten etwas mit Carolas Therapie zu tun hat?"

„Das wird sich herausstellen", lautete die Antwort des Kommissars. „Derzeit wissen wir noch viel zu wenig und Spekulationen haben bei ernsthaften Ermittlungsarbeiten nichts zu suchen.
Herr Professor, ich danke Ihnen für das ausführliche und offene Gespräch und hoffe, dass wir Ihnen bald mehr zu der ganzen Sache sagen können.
Sie sollten jetzt nach Eppertshausen zu Ihrer Frau fahren. Das Gespräch mit Kommissarin Bernd ist sicher zu Ende und Tim, der derzeit noch bei Lutz Waski sein dürfte, wird sicher auch bald dort eintreffen."

13.

Mittwoch, 5. Juni; auch 17:00 Uhr

Hauptkommissarin Melanie Forstmann hatte sich telefonisch mit Erika Dommel, der Freundin von Carmen Seifert, verabredet.

Deren Handynummer und die Adresse der Wohnung, die sich die beiden Freundinnen teilten, hatte Melanie von Heiko Friedrich.

Melanie war gemeinsam mit Miriam Fendt, die derzeit ein Praktikum im K10 absolviert, nach Darmstadt in die Rosenstraße 14 gefahren. Sie hielten vor einem gepflegten Mehrfamilienhaus. Im Erdgeschoss befand sich eine Bäckerei mit einer kleinen Kaffeestube, in den drei Etagen darüber zeigte die Anordnung der Balkone, dass wohl jeweils drei Wohnungen in einem Stockwerk lagen.

Die beiden Polizistinnen schritten auf die Haustür zu, als ihnen ganz aufgeregt eine junge Frau entgegenkam. „Sind Sie Kommissarin Forstmann?" fragte diese. „Ich bin Erika Dommel und eben nach Hause gekommen. Bei uns wurde eingebrochen. Die Wohnungstür wurde gewaltsam geöffnet und stand einen Spaltbreit offen. Ich habe mich nicht hineingetraut. Vielleicht liegt Carmen in der Wohnung. Den ganzen Tag über habe ich versucht, sie zu erreichen und bei ihrem Handy geht nicht einmal die Mailbox an. Gut, dass Sie da sind."

HK Forstmann antwortete: „Frau Dommel, in Bezug auf Ihre Freundin habe ich leider keine gute Nachricht. Carmen Seifert wurde heute Vormittag auf dem Grundstück der Familie Friedrich in Babenhausen erschlagen aufgefunden. Entschuldigen Sie, dass ich Ihnen das so unvermittelt mitteilen muss, aber der Einbruch bei Ihnen lässt mir keine Wahl.“

Frau Dommel stand wie erstarrt und hatte Mühe, sich auf den Beinen zu halten. Miriam wollte sie schon stützen, aber sie wehrte ab und sagte unter Tränen mit leiser Stimme: „Bitte sagen Sie mir, was da passiert ist.“

Die Kommissarin antwortet:
„Selbstverständlich werden wir uns gleich ausführlich unterhalten, wir wollen auch einiges von Ihnen wissen. Aber zunächst einmal werden meine Kollegin und ich uns um den Einbruch bei Ihnen kümmern. Sie bleiben aber besser hier unten. Vielleicht setzen Sie sich in das kleine Café und warten dort. Wir kommen sofort zu Ihnen, sobald wir uns einen Überblick in Ihrer Wohnung verschafft haben.“

Die drei Frauen gingen in das Lokal, Erika Dommel nahm Platz und sagte, dass ihre Wohnung in der zweiten Etage liegt und es keinen Aufzug gibt.

Die beiden Kriminalistinnen gingen im Treppenhaus nach oben. Vor der offenstehenden Wohnungstür zogen sie ihre Waffen und entsicherten diese. Dann betraten sie den Flur und riefen: „Hier ist die Polizei! Kommen Sie mit erhobenen Händen heraus!"

Nichts rührte sich.

Auf Eigensicherung bedacht, schauten die Polizistinnen in alle Räume und stellten fest, dass sich keine weiteren Personen in der Wohnung befanden.
Diese bestand aus Wohnzimmer, zwei kombinierten Wohn- Schlafzimmern, Küche, Bad und Flur.
Alles war durchwühlt, Schränke standen offen, Schubladen waren herausgerissen und deren Inhalt lag auf dem Fußboden verstreut.

„Hier dürfte unsere *Spusi* reichlich zu tun haben", meinte Melanie Forstmann. „Ich rufe gleich an. Wir werden die Wohnung versiegeln und uns unten mit Frau Dommel unterhalten. Wenn die Kollegen der *Spusi* fertig sind, gehen wir gemeinsam nach oben, damit festgestellt werden kann, was fehlt."

So geschah es und wenig später saßen die drei Frauen an einem kleinen Ecktisch im Cafè.

HK Forstmann begann das Gespräch: „Frau Dommel, zunächst einmal unser Beileid zum

Tod Ihrer Freundin. Sie wurde – wie schon gesagt – heute Vormittag in Babenhausen erschlagen. Wir wissen nicht von wem und warum. Carmen Seifert war wohl mit ihrem Exfreund Heiko Friedrich verabredet und hatte eine wichtige Nachricht für ihn. Mehr wusste Herr Friedrich, der gestern am späten Abend noch mit Carmen telefoniert hatte, auch nicht. Vielleicht können Sie uns da weiterhelfen.
Damit wir uns aber ein Bild von der Toten machen können bitten wir Sie zu schildern, was Sie von Ihrer Freundin wissen. Lassen Sie sich Zeit.“
Erika Dommel hatte sich inzwischen gefasst und die Kriminalisten erfuhren Folgendes:
Carmen Seifert wurde 26 Jahre alt. Sie ist in Erzhausen, einem kleinen Ort südlich von Darmstadt aufgewachsen, wo ihre Eltern ein kleines Häuschen haben. Ihr Vater war Lokomotivführer und ist inzwischen pensioniert.
Frau Dommel ließ eine Pause eintreten, trank von ihrem Kaffee und setzte dann fort:
„Ihre Mutter ist vor vier Jahren gestorben und der Vater hat seit zwei Jahren eine neue Frau. Mit der hat sich Carmen überhaupt nicht verstanden und ist zu Hause ausgezogen.
Zunächst hat sie bei Heiko Friedrich gewohnt, aber nachdem sich die beiden getrennt hatten, haben wir zwei eine WG gebildet.

Nach dem Abi hat Carmen an der TU Darmstadt Informatik studiert. Dort haben wir uns auch kennengelernt und wurden bald sehr gute Freundinnen. Zu unserer Clique gehörten Tim Meinert und Heiko Friedrich und mit Abstrichen auch Silvi Arndt.

Carmen, Heiko und Tim hatten sich auf den Bereich *Künstliche Intelligenz* spezialisiert und im Zusammenhang mit ihren Abschlussarbeiten ein Programm entwickelt, für das sie ein Patent angemeldet haben. Dafür konnten sie in der Folgezeit ganz beachtliche Lizenzgebühren kassieren. Tim und Heiko waren von zuhause aus begütert, der eine Vater ist Professor, der andere Rechtsanwalt und Steuerberater, aber für Carmen war es sehr wichtig, eigenes Geld zu verdienen. Bei ihr zuhause ging es meist sehr knapp zu und als Schülerin bzw. Studentin hat sie manchen Nebenjob gehabt.

Schließlich haben die drei eine eigene Firma gegründet, die *HTKI-GmbH*. **H**eiko und **T**im standen im Namen, Carmen nicht. Sie hatte zwar 20% der Firmenanteile, die beiden anderen aber jeder 40%. Ich glaube, das spielte in ihrem Verhältnis aber keine Rolle, weil sie sich mit Feuereifer in die Arbeit gestürzt hatten. Von einer 40-Stundenwoche konnte keine Rede sein, meist kamen 80 Stunden oder mehr zusammen.

Schon während des Studiums hatten sich Heiko und Carmen ineinander verliebt und sie war zu ihm gezogen. Dann aber ist die Beziehung an dem täglichen, stressigen Miteinander zerbrochen. Die beiden haben sich getrennt, sind aber gute Freunde geblieben. Carmen ist aus der Firma ausgeschieden und hat eine Assistentenstelle an der TU angenommen, wo sie weiter forschen konnte und an einer Dissertation gearbeitet hat. Gestern Abend hat sie einen Vortrag über das *Thema Künstliche Intelligenz in der Medizin* gehalten, der gut besucht war. Ich war auch dort."

Erika griff zur Kaffeetasse und die Kommissarin nutzte die Unterbrechung, um sie zu bitten, etwas von sich zu erzählen.
„Also," redete Frau Dommel weiter, „ich bin ein Jahr älter als Carmen. Aufgewachsen bin ich in Darmstadt-Eberstadt, wo meine Eltern ein kleines Hotel geführt haben. Diese sind aber noch während meines Studiums nach Mallorca übersiedelt und betreiben dort zusammen mit meinem zwei Jahre älteren Bruder eine gutgehende Ferienanlage. Ich bin sehr oft dort.
Nach dem Studium, ich hatte nebenher auch BWL studiert, habe ich eine Anstellung in einem großen Möbelhaus gefunden und leite derzeit die IT-Abteilung der ganzen Kaufhauskette. Privat geht es so la-la, derzeit bin

ich solo. Aber wir drei Mädchen, Carmen, Silvi Arndt, die zwei Jahre jünger ist, und ich haben viel zusammen unternommen.

Gestern waren wir nach Carmens Vortrag noch zu dritt in der Bar des Grand-Hotels und haben auf den Erfolg einen Cocktail getrunken, es können auch zwei oder mehr gewesen sein.

Wir hatten jedenfalls Spaß, haben gekichert und über die anderen Gäste gelästert.

Am Nebentisch saßen drei Männer, zwei so fast fünfzig, einer deutlich jünger. Nur dieser nahm Notiz von uns und schien es auf Silvi abgesehen zu haben. Plötzlich fiel dort das Wort *KIHT*, worauf Carmen hellhörig wurde und die Sprachaufnahmefunktion ihres Handys gestartet hat. Später, zuhause hat sie mir die Aufnahme vorgespielt. Diese war recht gut gelungen.

Ich konnte mir nur merken, dass ein Herr Bogdanow von einer FBOC-GmbH berichtet hat, die einen Deal eingefädelt habe, bei dem es um den Verkauf der *HTKI-GmbH* an den Software-Riesen PAS geht. Diese haben wohl ein sehr lukratives Angebot unterbreitet, wobei ein Mitglied der Geschäftsleitung von PAS eine zwielichtige Rolle gespielt hat. Auch war von Kleingedrucktem die Rede, das Tim und Heiko übersehen sollten. Und dann ging es darum, dass Tim Meinert erpresst wird. Bogdanow hat versprochen, das Problem zu lösen, womit sie ihn in der Hand und so in einem wichtigen Bereich des großen Softwareunternehmens einen Maulwurf installiert hätten.

Einer der Älteren meinte dann noch, dass man den Auftraggebern einen Erfolg bei den Spionageaktivitäten vermelden könne.

Dann baten die drei Männer um die Rechnung, ließen diese auf das Zimmer des Älteren schreiben und gingen zum Lift.

Obwohl es ziemlich genau Mitternacht war, rief Carmen bei Heiko an und sagte diesen, dass sie brisante Informationen bezüglich des Verkaufs der Firma hätte. Die beiden haben sich dann für heute 9:00 Uhr bei Heiko in Babenhausen verabredet. Carmen und ich sind danach mit einem Taxi heimgefahren. Silvi meinte, sie würde von ihrem Bruder abgeholt.

Wir haben zuhause die Handyaufnahme nochmals abgehört und gesichert. Carmen war in dieser Beziehung immer sehr eigen.

Ich könnte mir denken, dass diese Daten das Motiv für den Überfall auf Carmen und für den Einbruch in unsere Wohnung waren. Die Täter werde Carmen's Handy und eventuelle Speichermedien gesucht haben.

Da haben sie aber die Rechnung ohne den Wirt gemacht. Ich habe nämlich diese Daten auf meinem PC im Büro hinterlegt. Wenn aber bei dem Einbruch auch mein Laptop gestohlen

wurde, wird es etwas dauern, bis wir an diese kommen.
Ich frage mich allerdings, woher die Täter, die Carmen überfallen haben, wussten, dass diese heute früh in Babenhausen sein wollte?"

„Das frage ich mich auch", nahm Melanie Forstmann das Wort. „Entweder wurde das Telefonat von Carmen mit Heiko belauscht, bzw. abgehört oder die Dritte in eurer Runde hat geschwätzt. Zunächst aber vielen Dank an Sie, Frau Dommel. Ihre Aussagen sind für die weiteren Ermittlungen sehr wichtig. Wir haben mit Ihrem Einverständnis alles aufgenommen und in den nächsten Tagen muss dann das Protokoll unterschrieben werden.
Jetzt gehen wir alle drei in die Wohnung und sehen, wieweit die *Spusi* mit ihrer Arbeit ist. Frau Dommel, Sie versuchen, einen Überblick zu gewinnen, was fehlt. Wenn Ihr Laptop tatsächlich fehlt, sollte es möglich sein, dass Sie über einen PC der *Spusi* auf Ihrem Dienstcomputer zugreifen können.

Ich rede mit dem Chef unserer *Spusi* und fahre danach zu Silvi Arndt.
Vorher hätte ich von Ihnen, Frau Dpmmel, gern etwas mehr über Frau Arndt erfahren.

„Dass Silvi Arndt zwei Jahre jünger ist als ich, sagte ich schon", kam die Antwort. „Sie hat ihr Informatikstudium nach sechs Semestern

abgebrochen, weil sie ihren schwerkranken Vater bis zu seinem Ende pflegen musste. Danach ist sie ins elterliche Geschäft, einem Reisebüro, eingestiegen und leitet dies zusammen mit ihrem Bruder, der jünger ist.
Die Firma hat ihren Sitz in der Königstraße in Darmstadt, dort wohnt auch die Familie. Soweit ich weiß, sind dies Silvi, ihre Mutter, ihr Bruder mit seiner Freundin und dem kleinen Kind der beiden."

Kommissarin Forstmann bedankte sich und da man inzwischen in der Wohnung angekommen war, wandte sie sich an Hauptkommissar Heinz Wohlfeld und schilderte kurz das Problem wie Erika Dommel an die Daten auf ihren PC kommen könnte.
HK Wohlfeld meinte, dass würde sich schnell lösen lassen. Er erwähnte, dass sein Chef, der 1. Hauptkommissar Daniel Goebel mit der anderen Hälfte der Mannschaft soeben nach Kranichstein aufgebrochen sei und sagte, es würde wohl für alle eine lange Nacht werden.

Mit den Worten: Hauptsache morgen früh zur Dienstbesprechung liegen brauchbare Ergebnisse vor, verabschiedete sich Melanie Forstmann und ging zu ihrem Auto, um Silvi Arndt aufzusuchen.

14.

Mittwoch, 5. Juni; 17:30 Uhr

Hauptkommissar Lutz Waski hatte das Gespräch mit Tim Meinert beendet und sich im Vorzimmer seines Chefs eingefunden. Er begrüßte die Sekretärin, Frau Schreiber, und fragte, ob der Kriminalrat zu sprechen sei.

Diese griff zum Telefon und sagte dann, dass Lutz sich doch bitte noch ein paar Minuten gedulden solle.

Nach einer knappen Viertelstunde öffnete Torsten Haase seine Tür und forderte seinen Mitarbeiter freundlich auf, einzutreten.

Gleichzeitig bat seine Sekretärin, zwei Tassen Kaffee zu bringen.

Im Arbeitszimmer wollte sich Lutz auf den Besucherstuhl am Schreibtisch setzen, aber sein Chef wehrte ab und so nahmen die beiden Männer an dem kleinen, vor dem Fenster stehenden Tischchen Platz.

„Ich mag nicht so gern den Chef rauskehren und hinter dem Schreibtisch thronen", erklärte der Kriminalrat. Frau Schreiber hatte inzwischen Kaffee, Milch und Zucker gebracht und Torsten Haase redete weiter: „Eben habe ich mit der Staatsanwaltschaft telefoniert und über den aktuellen Ermittlungsstand informiert. Die Staatsanwältin Frau Dr. Sommerfeld hat das Ganze an sich gezogen und wollte umgehend

über alle neuen Entwicklungen informiert werden. Unter uns gesagt, mir kam sie ziemlich neugierig vor, aber sie hat uns volle Unterstützung zugesagt.
Lutz, was können Sie mir berichten?"

Dieser sagte: „Ich kann mit interessanten Neuigkeiten aufwarten. Vor wenigen Minuten ist meine Unterhaltung mit Tim Meinert zu Ende gegangen. Dabei habe ich erfahren, dass Tim erpresst wurde. Eine Kopie des Erpresserschreibens, das Tim auf seinem Smartphone erhielt, habe ich hier auf dem Handy."

Er schaltete das Gerät ein und KR Haase konnte lesen:

> Hören Sie sich im Anhang das Liebesgestöhne Ihrer Mutter an.
> Wenn Sie nicht wollen, dass diese Tonaufnahme samt zugehörigem Bild, Name und Adresse in den sozialen Medien erscheint, legen Sie zehntausend Euro bereit.
> Wenn Sie das Geld übergeben, werden alle kompromittierenden Dateien gelöscht. Sie erfahren, wann und wo Sie das Geld übergeben können.
> Sollten Sie sich weigern zu zahlen oder die Polizei einschalten, können Sie das Ganze gleich im Internet sehen.

Lutz Waski berichtete dann, dass Heiko Friedrich und sein Freund Tim Meinert ihre Firma, die KIHT-GmbH, verkaufen wollen. Tim hat sich deshalb gestern Mittag mit einem Herrn Bogdanow von einer FBOC-GmbH im Grand Hotel Darmstadt zum Essen getroffen. Dabei wurde den beiden jungen Firmengründern wohl ein sehr günstiges Angebot unterbreitet.

Gegen Ende des Gesprächs hat Tim Meinert von dem Erpressungsversuch erzählt. Herr Bogdanow habe daraufhin gesagt, er solle sich keine Sorgen machen, er kenne Leute, die die Sache regeln würden.

Heute so gegen 10:00 Uhr hat nun Tim folgende WhatsApp-Nachricht erhalten:

> Wir haben Ihren Auftrag ausgeführt.
> Der Tote im Garten Ihrer Mutter ist der Erpresser.
> Wir hoffen, dass Sie diese *Dienstleistung* bei unseren künftigen Beziehungen berücksichtigen werden.

Kommissar Waski redete weiter:

„Die Erpressungsgeschichte lässt das Ganze in einem neuen Licht erscheinen.

Ich glaube, dass es sich bei Enrico Bertoni, wir wissen inzwischen, dass der Tote im Garten der Familie Meinert so heißt, um den Erpresser handelt.

Die WhatsApp kommt mit hoher Wahrscheinlichkeit von Bogdanow. Tims Handy ist in der KTU, ich habe aber wenig Hoffnung, dass sich der Absender dieser Nachricht feststellen lässt.

Was ich mir aber nicht vorstellen kann, ist, dass bei Bertoni's Ermordung Bogdanow die Finger im Spiel hatte. Dieser hat gestern gegen 13:00 Uhr von der Erpressung erfahren und nach Aussagen des Gerichtsmediziners war Bertoni spätestens eine Stunde nach Mitternacht tot. Ich halte diese Zeitspanne für zu kurz, um all das vorzubereiten und auszuführen, was wir bisher von der Tat und den nachfolgenden Ereignissen wissen.

Ich denke, Herr Bogdanow hat von dem Tod Bertonis erfahren und spielt nun den Trittbrettfahrer.

Auf alle Fälle müssen wir diesen Herrn schleunigst befragen.

Ich habe auch das Gefühl, dass mit der ganzen Firma *FBOC-GmbH* einiges nicht stimmt. Vielleicht hängt auch der Mord an Carmen Seifert hiermit zusammen. Eine gründliche Recherche halte ich für unabdingbar.

Außerdem sollten wir bedenken, dass Familie Meinert wahrscheinlich nicht das einzige Opfer von Erpressungsversuchen durch Bertoni ist. Wir müssen uns eingehend mit seiner Person beschäftigen und uns in seiner Wohnung gründlich umsehen.

KK Tina Fritz und OK Ali Durmaz haben dies bereits übernommen. Hoffentlich haben sie seine Adresse inzwischen herausgefunden."

Wie auf Bestellung kam in diesem Moment Frau Schreiber ins Zimmer und sagte: „Entschuldigt die Störung, aber ich habe eine wichtige Nachricht. Gisela Bernd hat eben angerufen. Frau Meinert hat ihr gegenüber zugegeben, dass sie den Toten kennt und *Kundin* bei ihm war. Sie hat als Adresse die Alfred-Krupp-Straße 7 in Darmstadt-Kranichstein angegeben."

„Danke, Frau Schreiber", sagte KR Haase. „Die Nachricht ist wirklich wichtig und ich bitte Sie, die Adresse gleich an OK Durmaz weiterzugeben." Dann wandte er sich wieder Lutz Waski zu: „Ich stimme Ihnen voll zu, dass wir uns dringend um diesen Bogdanow kümmern müssen. Er ist ein wichtiger Zeuge, wenn nicht sogar mehr."

Er griff zum Telefon und führte die folgenden Gespräche:

Zunächst rief er in der ihm unterstehenden Abteilung Raubstraftaten an und bat, dass die Hauptkommissare Kerstin Dehmel und Kurt Kunze bitte umgehend in sein Büro kommen mögen.

Danach rief er im Kommissariat K 35, *Regionales Querschnittskommissariat; ausländische Intensivtäter u.a.*, an und ließ sich mit dem 1.HK Günter Cramer, Leiter des K 35, verbinden. Er setzte diesen kurz ins Bild und bat, dass er einen seiner Mitarbeiter beauftragen möge, sich um die Sache mit dem Verkauf der KIHT-GmbH und die Rolle, die eine Firma *FBOC-GmbH* dabei spielt, zu kümmern.

HK Cramer erklärte, dass er seinen Oberkommissar Kurt Paulsen mit dieser Aufgabe betrauen würde.

Zuletzt rief der Kriminalrat noch in der Kriminaltechnik an, schilderte den aktuellen Ermittlungsstand und bat, ein Team der *Spusi* nach Darmstadt-Kranichstein in die Alfred-Krupp-Straße 7 zu schicken. HK Waski würde auch gleich dorthin kommen.

Inzwischen waren auch Kerstin Dehmel und Kurt Kunze gekommen. Sie wurden über den Stand der Ermittlungen, insbesondere zu den Vorgängen um Herrn Bogdanow informiert und beauftragt, diesen ausfindig zu machen und (zunächst) als Zeugen zu einer Befragung ins Präsidium zu bringen.

Die beiden Beamten gingen an die Arbeit und Lutz Waski machte sich auf den Weg nach Darmstadt-Kranichstein.

15.

Mittwoch, 5. Juni; 18:45 Uhr

Hauptkommissarin Melanie Forstmann hatte in der Darmstädter Königstraße einen Parkplatz direkt vor dem Reisebüro Arndt gefunden.
Dieses hatte noch geöffnet.
Durch die mit Angeboten für Fernreisen, Kreuzfahrten, Städtereise usw. reich gespickte Schaufensterscheibe konnte Melanie in das Innere blicken. Sie sah zwei nicht mehr ganz junge Frauen an einem kleinen Tisch in ein Gespräch vertieft. Offensichtlich fand hier ein Beratungsgespräch statt. Eine der beiden, sicherlich die Reisebüroangestellte, hielt einen Katalog in der Hand und zeigte auf eine der Seiten.
Eine zweite, recht junge Mitarbeiterin stand hinter einer Art Tresen und ordnete Papiere.

Die Kommissarin trat ein, ging auf die junge Frau zu und sagte: „Guten Tag, mein Name ist Forstmann, ich bin von der Kripo." Sie zeigte ihren Dienstausweis und redete weiter: „Ich nehme an, Sie sind Frau Silvi Arndt, ich habe ein paar Fragen, die Ihre Bekannte bzw. Freundin Carmen Seifert betreffen."
„Ich würde Carmen schon als Freundin bezeichnen," antwortete die so Angesprochene. „Was ist mit ihr? Ich versuche schon den ganzen Tag sie zu erreichen, aber nicht

einmal ihre Mailbox springt an. Sie ruft auch nicht zurück."

„Das kann sie auch nicht", kam es von der Kommissarin. „Carmen wurde heute Vormittag tot aufgefunden."

Sichtlich schockiert und plötzlich leichenblass kamen die Fragen: „Wie ist das passiert? War es ein Unfall?"

HK Forstmann meinte, dass man das Gespräch doch besser an einem ruhigeren Ort fortsetzen sollte.
Wenig später saßen die beiden Frauen in einem Raum, der offensichtlich als Aufenthaltsraum und Beratungszimmer diente, an einem längeren Tisch übereck.
Silvi Arndt ging zu einem hinten im Raum stehenden Kühlschrank, und kam mit zwei Flaschen Mineralwasser und Gläsern zurück.

Die Kommissarin hatte die Gelegenheit genutzt, um die junge Frau zu mustern. Sie sah eine schöne, etwa 1,75 m große, schlanke Person, die mit einer weißen Bluse und einem grauen Hosenanzug adrett gekleidet war. Ihr volles Gesicht wurde von langen, gewellten, blonden Haaren umrahmt. Dezent geschminkt, wie sie war, hätte sie gut als Titelbild für einen Katalog, der Skandinavien-Reisen offeriert, fungieren können.

Frau Arndt goss ein und wollte dann wissen, was mit Carmen passiert war.

Die Kriminalistin erklärte, dass Carmen Seifert am frühen Vormittag auf dem Grundstück der Familie Friedrich in Babenhausen erschlagen wurde. Man weiß nicht, von wem und auch nicht, warum. Ihr Exfreund, Heiko Friedrich, mit dem sie verabredet war, hat sie halb zehn gefunden, als er von einem Termin mit seiner Bank zurückkam.

Dann forderte sie Silvi Arndt auf, über ihr Verhältnis zu der Toten zu erzählen und insbesondere zu sagen, wann sie Carmen zuletzt gesehen und gesprochen hat.

Die so Angesprochene meinte, dass es da viel zu berichten gibt und begann: „Carmen kenne ich seit unserer gemeinsamen Studienzeit hier an der TU, also mindestens seit acht Jahren. Wir haben beide Informatik studiert, ich habe aber im sechsten Semester die Uni verlassen, weil ich meinen schwerkranken Vater pflegen musste. Er lebte aber leider nur noch ein reichliches halbes Jahr, danach bin ich hier in unser Reisebüro eingestiegen und führe dies zusammen mit meinem Bruder.

Der Kontakt zu Carmen ist aber nie abgerissen und besonders in der letzten Zeit haben wir drei Mädchen, die dritte im Bund war Erika Dommel, viel zusammen unternommen.

Gestern hat Carmen an der TU einen Vortrag gehalten. Erika und ich waren unter den Zuhörern. Dabei ging es um eine Thematik, die mit der von Carmen's Doktorarbeit zu tun hat. Der Vortrag war ein voller Erfolg für Carmen und wir drei haben dies danach in der Bar vom Grand-Hotel gefeiert.

Am Nebentisch saßen drei Männer. Ich war etwas verstört, weil Boris Bogdanow dabei war, mit ich ein Verhältnis habe, von dem aber niemand etwas wissen darf. Boris erzählte dann den beiden anderen von einem Deal, den seine Firma eingefädelt habe und bei dem es um den Verkauf der Firma von Heiko und Tim ging. Es war dann auch die Rede davon, dass Tim erpresst würde. Auch wurde deutlich, dass die beiden anderen wohl Industriespionage in größerem Umfang betreiben.

Carmen hat die Unterhaltung der drei mit ihrem Handy aufgezeichnet, was ich ungehörig fand. Sie hielt aber die Gesprächsinhalte für so brisant, dass sie umgehend Heiko anrief. Ich hörte, wie die beiden dann für heute Vormittag ein Treffen vereinbart haben.

Kurz danach haben wir uns getrennt. Carmen und Erika sind mit einem Taxi in ihre gemeinsame Wohnung gefahren. Ich hatte gesagt, dass mich mein Bruder abholen würde, bin aber zu Boris auf sein Zimmer gegangen.

Dort habe ich ihm von der Aufzeichnung seines Gesprächs mit den zwei anderen Männern berichtet. Ich hatte die beiden vorher noch nie gesehen.
Boris war erschrocken, ging aus dem Zimmer, kam nach einer Viertelstunde und sagte, es würde alles in Ordnung gehen.

Nun mache ich mir natürlich Gedanken, ob ich Carmen irgendwie ans Messer geliefert habe."

Kommissarin Forstmann antwortete: „Das kann schon sein, aber eine direkte Schuld trifft Sie sicher nicht. Es wäre aber wichtig, dass Sie mir alles erzählen, was Sie über Boris Bogdanow und seine zwei Gesprächspartner wissen."
Silvi Arndt berichtete dann freimütig, dass sie Boris vor etwa sieben Monaten auf einer Touristikmesse in Frankfurt kennengelernt hatte. Die Messe dauerte drei Tage und in dieser Zeit hat er sie kräftig umworben. Boris sei zwar deutlich älter als sie, aber ein gutaussehender und äußerst charmanter Mann. Auch als Liebhaber sei er zärtlich und einfühlsam, wie sie am letzten Messeabend feststellen konnte, als man nach einem feuchtfröhlichen Abschlussessen schließlich zusammen in einem Hotelbett gelandet war.

Weiter wusste Silvi zu berichten, dass ihr Geliebter Inhaber einer – wie er sagte, gutgehenden –Consulting-Firma, der FBOC, ist.
Diese Firma hat ihren Sitz in Frankfurt und das Büro befindet sich im Haus von Bogdanows Eltern, wo dieser auch noch als Single wohnt. Er ist aber oft nach Darmstadt gekommen und die beiden haben dann meistens im Grand-Hotel übernachtet.
Sie redete weiter: „Von meinem Verhältnis zu Boris durfte niemand etwas erfahren, vor allem mein Bruder nicht. Der hat wohl andere Pläne mit mir und hätte einen um so viele Jahre älteren Partner für mich niemals akzeptiert.

Gestern nun hatten wir das Zimmer 517. Die beiden anderen Herren waren wohl im benachbarten Zimmern untergekommen, mehr weiß ich allerdings nicht von ihnen. Sie waren beide deutlich älter als Boris und ich hatte den Eindruck, dass sie Ausländer waren. Sie waren gut gekleidet und eine angenehme Erscheinungen, ich würde sie für Italiener halten.

Ich habe übrigens heute mehrfach versucht, Boris anzurufen. Es ging aber immer nur die Mailbox an und ich habe dringend um Rückruf gebeten.“
Damit beendete Frau Arndt ihre Aussage.

HK Forstmann bedankte sich und sagte: „Frau Arndt, Ihr Geliebter ist – wie Sie sich denken können – ein wichtiger Zeuge für uns. Wenn er sich meldet, richten Sie ihm bitte aus, dass er sich unverzüglich mit uns in Verbindung setzen soll. Hier ist meine Karte. Würden Sie mir bitte die Kontaktdaten von Herrn Bogdanow geben, damit wir von uns aus tätig werden können. Wir werden morgen sicher noch einmal auf Sie zukommen, einmal, um das Protokoll unseres Gespräches zu unterschreiben, und zum andern werden wir Sie vielleicht bitten, Phantombilder der beiden *Italiener* anzufertigen.“

Melanie Forstmann verabschiedete sich, ging zu ihrem Auto und rief von dort Kriminalrat Haase an. Sie berichtete von ihrem eben geführten Gespräch mit Silvi Arndt und meinte, dass man dringend nach Boris Bogdanow suchen solle.

Der Leiter des K10 konnte sie beruhigen, indem er sagte, dass diese Suche bereits auf vollen Touren läuft.

Wenn nichts Außergewöhnliches vorfalle, wollen sich alle morgen um 9:00 Uhr zur Beratung im Präsidium treffen.

16.

Mittwoch, 5. Juni; 19:00 Uhr

Lutz Waski war nach seinem Gespräch mit Tim Meinert in die Alfred-Krupp-Straße 7 gefahren und wartete auf seine Mitstreiter, Tina Fritz und Ali Durmaz.

Es dauerte nicht lange, bis die beiden kamen und gleich berichten wollten, was sie über Enrico Bertoni herausgefunden hatten.

HK Waski wiegelte ab und meinte, man wolle erst einmal in dessen Wohnung gehen, er habe den Hausmeister schon gebeten, mit dem Wohnungsschlüssel zu kommen.

Der Hausmeister, ein älterer Mann in grauer Arbeitskleidung, kam. Lutz Waski wies sich aus und sagte, dass man in einem Mordfall ermitteln würde und Zugang zu der Wohnung von Herrn Bertoni benötige.

Auf die Frage, ob man das Haus über die Eingangstür oder durch die Tiefgarage betreten wolle, entschieden sich die Kriminalisten für letzteres.

Der Hausmeister betätigte eine Fernbedienung, das Garagentor ging nach oben und alle vier schritten die Auffahrt nach unten.

Auf dem Weg zum Lift fiel Kommissarin Fritz eine Überwachungskamera auf.

Sie fragte: „Was wird hier aufgenommen? Werden die Aufnahmen gespeichert.?"

Der Hausmeister antwortete: „Die Kamera schaltet sich ein, wenn das Tor geöffnet wird, und nimmt die ein- bzw. ausfahrenden Fahrzeuge auf. Die Aufnahmen werden auf einer Festplatte gespeichert und nach einer Woche automatisch gelöscht."

Die Frage, ob es auch Aufnahmen innerhalb der Tiefgarage gäbe, wurde verneint.

HK Waski schaltete sich ein: „Bitte sorgen Sie dafür, dass die Aufnahmen von dieser Woche nicht gelöscht werden. Unsere Techniker, die bald eintreffen werden, fertigen dann Kopien an. Das könnte für unsere Ermittlungen wichtig sein."

Der Hausmeister versprach, sich darum zu kümmern und dann fuhren alle gemeinsam hoch in die zehnte Etage.

Nach dem Verlassen des Fahrstuhls stand man vor zwei nebeneinanderliegenden Wohnungstüren.

Die linke war die von Enrico Bertoni. Der Hausmeister steckte den Schlüssel ins Schloss und sagte verdutzt: „Die Tür ist nur zugezogen, nicht abgeschlossen."

Kommissar Waski ließ sich den Wohnungsschlüssel geben und sagte: „Vielen Dank, Sie können gehen. Meine Kollegen werden sich wegen der Aufnahmen von der Tiefgarage bei Ihnen melden."

Bevor der Hausmeister ging, bemerkte dieser noch: „Neben der Wohnungstür befindet sich ein kleiner Bildschirm. Mit den darunter liegenden Knöpfen kann man wahlweise eine der Kameras einschalten, die zeigen, wer vor der Haustür bzw. Tiefgarageneinfahrt steht und auch deren Öffnung veranlassen."

Die drei Kriminalisten betraten die Wohnung und gelangten zunächst in einen relativ langen Flur, von dem an der linken Seite drei Türen abgingen. Eine vierte bildete den hinteren Abschluss.

Kommissarin Fritz, die voran ging, öffnete alle nacheinander. Hinter der ersten befand sich ein kleiner, ca. 1,50 m breiter Abstellraum, der ziemlich leer war, Die mittlere Tür führte in ein etwa 25 m² großes Wohnzimmer, bei dem die gegenüberliegende Fensterfront mit Balkontür ins Auge fiel. Von dort hatte man einen herrlichen Blick über Darmstadt. Vor der linken Seitenwand stand ein Sideboard, darüber hing ein großes Bild, eine Reproduktion von Tizians schlafender Venus. Eine helle Ledercouch, zwei passende Sessel und ein kleiner Tisch standen in der linken Ecke des Raumes. An der rechten Seitenwand war eine Küchenzeile zu sehen. Eine Theke, vor der ein

Tisch und drei Stühle standen, grenzte die Küche etwas gegen das Wohnzimmer ab.
Die gesamte Einrichtung, auch ein großer flauschiger Teppich, war in hellbraun gehalten und vermittelte einen sehr anheimelnden Eindruck.

Die letzte Tür auf der linken Seite führte vom Flur in ein Badezimmer. Linkerhand war eine Duschkabine, gegenüber ein Doppelwaschbecken, darüber ein Spiegelschrank und vor dem Fenster waren das WC und ein Bidet. Alles war sauber und aufgeräumt.

Auch das Schlafzimmer, zu dem die Tür am Ende des Flures führte, war aufgeräumt. Über dem großen französischen Bett, das an der linken Wand unter einem großen Spiegel stand, war eine Tagesdecke ausgebreitet. Die rechte Seitenwand wurde von einem hohen, weißen Kleiderschrank fast völlig eingenommen.
„In diesem Schrank muss wohl die Aufnahmetechnik versteckt sein", meinte Lutz Waski. „Aber warten wir ab, was Daniel und seine Leute finden werden. Die müssten bald kommen."
Wie auf Kommando klingelte das Handy des Kommissars. HK Daniel Goebel, der Leiter der KTU, meldete sich mit den Worten: „Lutz, wir stehen hier vor dem Haus."

Dieser antwortete: „Am besten ihr fahrt in die Tiefgarage, dort gibt es entsprechend gekennzeichnete Besucherparkplätze. Dann nehmt ihr den Lift in die zehnte Etage. Ich öffne gleich die Einfahrt."
Wenig später betraten die Kriminaltechniker, Daniel hatte noch zwei Kollegen mitgebracht, die Wohnung.

Lutz Waski informierte die neu gekommenen Kollegen über den Stand der Dinge und sagte, dass man die Wohnung kurz inspiziert habe und natürlich darauf bedacht war, keine Spuren zu hinterlassen. „Alle haben wir Latex-Handschuhe getragen und waren auch sonst sehr vorsichtig," sagte der Kommissar. „Wir haben auf den ersten Blick nichts Verdächtiges gesehen, aber ein Laptop und/oder Handy von Bertoni waren nicht zu finden. Seine Kleider – er war ja bis auf einem Socken und einem Schuh völlig nackt, als er gefunden wurde – liegen säuberlich zusammengelegt im Schlafzimmer. Der linke Schuh lag samt Socke unter dem Bett.

Wir haben nichts angefasst. Er wurde, so der Gerichtsmediziner, durch einen Stich in den Hals getötet. Ich nehme an, das ist hier im Bett geschehen.

Na, Daniel, ihr werdet sicher entsprechende Spuren finden. Auch die Aufnahmetechnik, die der Tote für seine Erpressung genutzt hat, muss hier zu finden sein.

Außerdem hat uns der Hausmeister informiert, dass alle Ein- und Ausfahrten in die Tiefgarage aufgezeichnet werden. Die Aufnahmen werden eine Woche gespeichert. Ich habe veranlasst, dass sie für euch bereitgestellt werden."

HK Goebel bedankte sich und schickte einen seiner Männer sofort zum Hausmeister, um diese Aufnahmen sicherzustellen. Dann meinte er, dass man hier gründlich an die Arbeit gehen wolle, wobei die Anwesenheit der drei Mitarbeiter des K10 nicht notwendig, vielleicht sogar hinderlich sei.

Lutz lachte und sagte: „Ich habe schon verstanden, ihr wollt uns los sein. Wir lassen euch gern in Ruhe arbeiten und hoffen, morgen um neun bei der Beratung Interessantes zu erfahren. Zuvor möchte ich aber noch von Tina und Ali erfahren, was sie über Enrico Bertoni herausgefunden haben. Wenn ihr eure Arbeit im Schlafzimmer beginnt, setzten wir drei uns noch kurz an den Esstisch."

HK Goebel nickte und Tina Fritz, Ali Durmaz und Lutz Waski setzten sich ins Wohnzimmer.

Kommissarin Fritz begann: „Wie schon gesagt, viel haben wir nicht in Erfahrung bringen können. Vom Einwohnermeldeamt wissen wir, dass Enrico Bertoni am 2. 11. 1992 in Darmstadt geboren wurde. Unter dieser Adresse hier war er gemeldet.
Er besitzt den Führerschein seit 2010 und auf ihn ist ein PKW- Golf angemeldet. Weder bei der Polizei noch in Flensburg gibt es irgendwelche Eintragungen über ihn.

Wir haben dann herausgefunden, dass Bertoni von 2002 bis 2011 das Albert-Einstein-Gymnasium in Darmstadt besucht und mit einem recht guten Abitur abgeschlossen hat.
An die Schulakten sind wir noch nicht herangekommen, aber wir haben einen Mitschüler ausfindig machen können, mit dem sich Bertoni auch in jüngster Zeit ab und zu auf ein Bier getroffen hat.
Mit diesem hat sich Ali ausführlich unterhalten, er sollte weiter erzählen.“
OK Durmaz nahm das Wort: „Name und Adresse dieses Mitschülers kennen wir. Er wusste zu berichten, dass Enrico ein Einzelkind war. Sein Vater war Italiener, seine Mutter Deutsche. Die beiden hatten in Weiterstadt eine Pizzeria, sind aber schon vor zehn Jahren in die Toskana gezogen. Enrico hat sie regelmäßig besucht.

Eine Adresse der Eltern von Enrico konnten wir aber nicht erfahren. Dafür wusste sein Mitschüler zu berichten, dass dieser nach dem Abi durch die Welt gezogen sei und jetzt in Darmstadt wohl einen guten Job hatte. Jedenfalls sei dieser bestimmt nicht arm, immer gut gekleidet und auch sonst recht freigiebig gewesen."

Mehr konnten die zwei allerdings nicht berichten.

Lutz Waski bedankte sich und beauftragte Oberkommissar Durmaz, sich um die Adresse der Eltern von Bertoni zu kümmern, weil man diese über den Tod ihres Sohnes informieren müsse.

Dann verabschiedeten sich die drei mit den Worten: „Bis morgen 9:00 Uhr zur Dienstbesprechung" vom Team der *Spusi* und fuhren nach Hause.

17.

Mittwoch, 5. Juni; 21:00 Uhr

Lutz Waski hatte sein Auto vor der Garage abgestellt und war ins Haus gegangen.

Er schaute noch kurz bei seinen Schwiegereltern rein, die beide vorm Fernseher saßen, sagte *Hallo* und ging nach oben. Seine Frau Steffi war auch beim Fernsehen, schalte aber den Apparat sofort aus und begrüßte ihren Mann mit einem zärtlichen Kuss. „Hallo Schatz, wie war dein Tag?" wollte sie wissen. „Hast du Hunger? Soll ich dir ein paar Brote machen?"

Lutz antwortete: „Bei uns ging es ziemlich turbulent zu. Wir wissen jetzt, wer der Tote in Meinerts Garten ist, viel mehr aber noch nicht. Außerdem gab es einen zweiten unnatürlichen Todesfall in Babenhausen.

Ich muss jetzt gleich noch rüber zu Meinerts, die werden schon warten. Ich hoffe, das dauert nicht lange. Aber einen Bissen würde ich vorher doch gern noch essen, mir knurrt schon der Magen. Auf ein paar Minuten kommt es nun auch nicht mehr an. Ich schaue noch kurz nach den Kindern und komme dann in die Küche."

Mit diesen Worten stand er auf, ging zu den beiden Kinderzimmern und sah, dass sein Sohn Tobias und seine Tochter Cosima friedlich in ihren Bettchen schliefen.

Wenig später saß Lutz am Küchentisch seiner Frau gegenüber und biss herzhaft in ein Leberwurstbrötchen. Steffi hatte ihm auch ein Glas Bier eingegossen und ein weiteres Brötchen mit Käse belegt.

Ihr Mann bedankte sich und meinte: „Wir reden nachher, wenn ich von Meinerts zurück bin. Nur soviel, die Bilderbuchehe von Carola und Silvio hat doch ein paar recht dunkle Flecken.“

Damit verabschiedete er sich und ging die paar Schritte zum Haus der Familie Meinert.

Der Kommissar klingelte und mit den Worten: „Lutz, komm bitte rein,“ wurde er von Silvio Meinert begrüßt. „Wir hatten sehr gehofft, dass du noch vorbeikommst. Carola ist im Wohnzimmer, wir beide haben uns die ganze Zeit ausführlich über alles unterhalten.“

Die beiden Männer gingen hinein. Carola saß auf der Couch, vor sich ein halbvolles Glas Rotwein. Eine angebrochene Flasche Merlot stand auf dem Tisch. Silvios Glas stand vor einem der Sessel, im anderen nahm Lutz Platz. Der Hausherr holte ein drittes Glas, schenkte ein und reichte es seinem Gast.

Mit dem Worten: „Da ich nicht mehr im Dienst bin, trinke ich gern einen Schluck mit euch. Möge die ganze Geschichte ein akzeptables Ende finden.“

Carola Meinert nahm das Wort: „Silvio und ich haben uns gründlich ausgesprochen. Wir sind uns einig, dass unsere Ehe gut war und wir auch künftig harmonisch zusammenleben werden. Eigentlich müsste ich mich schämen, fühle mich dazu aber nicht in der Lage. Ich stand kurz davor, depressiv zu werden, als ich in Enrico einen *Therapeuten* fand, der mich davor bewahrt hat. Durch ihn habe ich wieder Lust am Leben und Freude bei der Arbeit gefunden und meine Liebe zu Silvio, auch das Verlangen, mit ihm zu schlafen, sind aufgeblüht.

Was ich nicht verstehe, wie man sich in einem Menschen so täuschen kann. Dass Enrico zu einer Erpressung in der Lage ist, hätte ich nie und nimmer für möglich gehalten. Aber die Gier hat schon manchen Charakter verdorben.“

Professor Meinert hatte seiner Frau aufmerksam zugehört und sprach nun seinerseits:
„Als ich genaue Kenntnis erhielt von der Art und Weise der *speziellen Therapie*, die Carola durch Herrn Bertoni bekam, war ich schockiert. Beim gründlichen Nachdenken musste ich aber anerkennen, dass sich meine Frau seit drei-, vier Monaten sehr positiv verändert hatte. Ihre Depressionen waren wie weggeblasen und unsere Ehe lief, wie zu ihren besten Zeiten. Ich selbst bin auch kein Kind von Traurigkeit“, wandte er sich an Carola, „und war auch

– wie du inzwischen sicher weißt – mit meiner jungen Sekretärin im Bett."

Prof Meinert redete wieder zu Lutz Waski: „Ich sehe allerdings keinen Grund, an unserer Ehe etwas zu ändern.
Problematisch wird sicher unser Verhältnis zu Tim. Der kann das Verhalten seiner Mutter nicht verstehen und auch nicht akzeptieren. Die Jugend hat wohl in Bezug auf das Sexualleben ihrer Eltern eigene, strenge Vorstellungen. Hinzu kommt, dass Tim durch die Erpressungsgeschichte in das Ganze hineingezogen wurde."
Auf die Frage, wo Tim ist, erhielt er die Auskunft, dass er zusammen mit seinem Freund Heiko zu den Eltern von Carmen gefahren ist. Besonders der Vater, weniger dessen zweite Frau, werden an dem erlittenen Verlust schwer zu tragen haben.
Danach wird Tim sicher auch nicht nach Hause kommen, sondern wieder bei seiner Freundin übernachten.

Lutz Waski brauchte einen Moment, um das Gehörte zu verarbeiten. Dann wandte er sich an Frau Meinert: „Carola, wenn ich richtig informiert bin, waren Sie am gestrigen Abend bei Enrico in Kranichstein. Können Sie mir bitte sagen, von wann bis wann dies war und welches Auto sie benutzt haben:"

Frau Meinert meinte, dass sie etwa von 18:00 bis 21:00 Uhr dort war. Sie war mir ihrem Smart gefahren.

HK Waski hatte sich schon verabschiedet, als Herr Meinert fragte, ob er denn schon etwas zum Täter sagen könne.

Lutz verneinte und antworte, dass er zu den laufenden Ermittlungen leider auch keine Auskunft geben könne, versprach aber, zu informieren, sobald gesicherte Erkenntnisse vorliegen würden.

Daraufhin wurde er von Silvio zu Tür gebracht und ging nach Hause.

Das ganze Gespräch bei den Meinerts hatte nahezu eine Dreiviertelstunde gedauert und Lutz wurde schon sehnsüchtig von seiner Frau erwartet. Die beiden gingen ins Wohnzimmer und Steffi fragte: „Was kannst du mir denn von der ganzen Sache erzählen?"

Ihr Mann berichtete: „Der Tote im Garten der Meinerts war Carolas *Therapeut*. Von ihm, er heißt mit Vornamen Enrico, hat sie spezielle Behandlungen bekommen. Ich zeige dir einmal Enricos Internetanzeige." Damit nahm Lutz sein Handy und rief diese auf. Steffi staunte nicht schlecht, als sie den Text lass:

Für Frauen biete ich Dienstleistungen aller Art an – auch außergewöhnliche.

Absolute Diskretion ist für mich selbstverständlich.

Ihr Mann redete weiter: „Carola hat diese Dienste seit etwa vier Monaten regelmäßig in Anspruch genommen und das habe ihr sehr gutgetan. Es ist aber noch völlig unklar, wer diesen *Therapeuten* umgebracht hat und warum die Leiche bei den Meinerts abgelegt wurde. Fest steht, Carola war nicht seine einzige *Kundin*. Auf unschöne Weise ist auch Tim in das Ganze verwickelt, mehr darf ich dir aber leider nicht verraten.

Ich kann nur noch sagen, dass sich Carola und Silvio ausgesprochen haben und ihre Ehe nicht in Gefahr zu sein scheint.“

Steffi war es gewohnt, dass ihr Mann nichts zu laufenden Ermittlungen verriet und hatte dafür volles Verständnis. Sie bemerkte nur noch: „Ich habe immer geglaubt, Carola und Silvio führen eine Bilderbuchehe, aber wer kann schon hinter die Fassaden schauen.“

„Na, bei uns ist das hoffentlich anders“, antwortete Lutz. „Und – wenn du eine spezielle *Therapie* benötigen solltest – ich stehe zur Verfügung.“

Steffi lachte und mit den Worten: „Auf ins Schlafzimmer!“ verschwanden die beiden.

18.

Donnerstag, 6. Juni; 8:30 Uhr

Gutgelaunt saß Lutz Waski in seinem Arbeitszimmer, welches er sich mit seiner Stellvertreterin Melanie Forstmann teilt, und schaute nachdenklich auf die Klappacher-Straße und den angrenzenden Wald. Die Sonne stand schon zwei handbreit über dem Horizont und es würde endlich wieder ein schöner Sommertag werden.

Er war rechtzeitig gekommen, um sich vor der für 9:00 Uhr angesetzten Beratung darüber zu informieren, was seine Kollegen gestern ermittelt hatten. Lutz war mitten beim Lesen der entsprechenden Eintragungen im PC als seine Kollegin den Raum betrat.

„Guten Morgen Melanie, du siehst heute ja wieder bezaubernd aus", wurde sie begrüßt.

Die junge Frau war mit einer hellen Jeans und einer blau-karierten Bluse sommerlich gekleidet. Über dem Arm trug sie ein hellblaues Jäckchen. Insgesamt wirkte sie mit ihren kurzen blonden Haaren und ihrer schlanken, 1,75 m großen, sportlichen Figur jünger als sie war. Vor ein paar Tagen hatte sie ihren 38. Geburtstag gefeiert

„Danke für das Kompliment", lachte sie, „aber ich will auch schnell noch in die Protokollnotizen der Kollegen schauen."

Es war dann genau 9:00 Uhr.

Pünktlich hatten sich alle an den Ermittlungen zu den Todesfällen in Eppertshausen und Babenhausen beteiligten Beamten im großen Beratungsraum des Kommissariats K10 der Regionalen Kriminalinspektion (RKI) Darmstadt eingefunden[9].

Dies waren vom Kommissariat K10:
- Lutz Waski, Hauptkommissar (HK);
- Melanie Forstmann, HK;
- Ralph Kleinert, Kriminalkommissar (KK);
- Gisela Bernd, KK;
- Miriam Fendt, Praktikantin;
- Kerstin Dehmel, HK;
- Kurt Kunze, HK;
- Tina Fritz, KK;
- Evi Hauser; KK;
- Ali Durmaz, Oberkommissar (OK);

von der KTU:
- Daniel Goebel, 1.HK;
- Heinz Wohlfeld, HK;

sowie vom K34 Horst Paulsen (OK).

Der Leiter der Abteilung Gewaltverbrechen im K10, HK Lutz Waski, eröffnete die Beratung, begrüßte seine Kollegen und sagte: „Wir haben es bekanntlich mit zwei unnatürlichen Todesfällen zu tun. Ich denke, wir sind bei der

---

[9] Siehe auch Personenliste S. 242 ff

Aufklärung bereits ein gutes Stück vorange-
kommen, obwohl noch viele Fragen offen und
die Täter noch immer unbekannt sind.
Wir kennen aber inzwischen die Namen der
beiden Opfer. In Babenhausen wurde Carmen
Seifert erschlagen und in Eppertshausen
Enrico Bertoni tot abgelegt.
In beiden Fällen sind wir auf einen Mann
namens Boris Bogdanow gestoßen.

HK Dehmel und HK Kunze waren beauftragt,
diesen Herren ausfindig zu machen und ihn
zur Vernehmung mitzubringen. Was habt ihr
erreicht?"
Kerstin Dehmel sah ihren Kollegen Kurt Kunze kurz an und als dieser ihr aufmunternd
zunickte, begann sie: „Um das Wichtigste
vorwegzunehmen: Boris Bogdanow ist nirgends auffindbar. Die Fahndung nach ihm
läuft. Melanie hat von seiner Geliebten Silvi
Arndt erfahren, dass Bogdanow eine eigene
Firma hat. Diese hat ihr Büro Haus von
Bogdanows Eltern, wo Bogdanow auch noch
als Single wohnt. Die Adresse lautet: Ludwig-
Leber-Straße 17; Frankfurt-Fechenheim.
Diese Angaben stimmen überein mit unseren
Rechercheergebnissen beim Frankfurter Mel-
deamt und dem Handelsregisterauszug für eine
FBOC-GmbH. Hier ist Bogdanow als allei-
niger Gesellschafter eingetragen.

Bogdanow wurde am 20.10.1987 in der Nähe von Pristina, das ist heute die Hauptstadt des Kosovo, geboren. 1999 kam er wegen des Balkankrieges mit seinen Eltern und seiner Schwester nach Deutschland. Alle haben inzwischen die deutsche Staatbürgerschaft.

Wir haben – auf dem kurzen Dienstweg – Kollegen in Frankfurt gebeten, sich in Fechenheim umzusehen. Sie haben aber nur die Eltern von Bogdanow angetroffen. Diese sagten, sie hätten ihren Sohn seit dem vergangenen Wochenende nicht mehr zu Gesicht bekommen. Sein Büro war verschlossen, laut Aussage der Eltern ist die einzige Angestellte im Urlaub.

Außerdem haben wir uns mit OK Paulsen kurzgeschlossen. Dabei war ein Ansatzpunkt das Treffen im Darmstädter Grand-Hotel von Bogdanow mit zwei Personen, bei dem der Verkauf der KIHT-GmbH eine Rolle gespielt hat. Hierzu kann aber Oberkommissar Paulsen mehr sagen."
Kurt Paulsen, achtunddreißig Jahre alt, 1,75 m groß, vermittelte mit seinem rundlichen, von einem dünnen Haarkranz umrahmten Gesicht und mit seiner etwas fülligen Figur den Eindruck einer gemütlichen Person.
Hier hatte sich schon mancher Ganove getäuscht. Der Oberkommissar hatte ein gutes Gedächtnis, einen messerscharfen Verstand

und konnte hart zupacken, wenn nötig, nicht nur verbal.

OK Paulsen nahm das Wort:
„Ich habe inzwischen die Protokolle von den Gesprächen mit Erika Dommel und Silvi Arndt gelesen. Hier wird meines Erachtens deutlich, dass die Aufzeichnung des Gespräches im Grand-Hotel am vorgestrigen Abend das Motiv für die Ermordung von Carmen Seifert ist. Den Auftrag dazu könnte einer der Gesprächsteilnehmer erteilt haben. Die Informationen, insbesondere der Hinweis auf den Maulwurf in der Leitungsebene von PAS dürfte ihnen zu brisant gewesen sein.
Als wir mit unserer Arbeit begannen, haben wir von dem Abend im Grand-Hotel noch nichts gewusst und uns zunächst auf Herrn Bogdanow und die Firma FBOC konzentriert. Kollegin Dehmel hat hierzu alles gesagt, was wir derzeit wissen.

Später haben wir dann im Grand-Hotel recherchiert.
Bogdanow hatte das Zimmer 517 und in den benachbarten Zimmern 519 und 521 waren zwei einzelne Herren untergebracht.
Bei der Anmeldung hatten diese die Namen Pietro Gredini und Alexandro Vianetto und als Nationalität *Italiener* angeben. Ob diese Namen echt sind, wissen wir nicht. Aber beim

Auschecken heute früh haben sie mit einer Kreditkarte bezahlt, die auf eine Firma *DIC-Handelsgesellschaft* ausgestellt war.

Diese Firma gibt es wirklich. Sie hat ihren Hauptsitz in Vaduz (Liechtenstein) und in Darmstadt nur ein Büro, wo wir niemand angetroffen haben.

Der volle Name der Firma lautet: *Deutsch-italienisch-chinesische Handelsgesellschaft.*

Was da gehandelt wird, ob nur Waren oder auch Informationen, vielleicht sogar Menschen, ist völlig unklar.

Ich denke, das Ganze ist eine Nummer zu groß für uns und ein Fall für das LKA, wenn nicht sogar das BKA." Damit beendete OK Paulsen seine Ausführungen.

Noch während der Rede von Erika Dommel hatte der Leiter des K10, Kriminalrat Torsten Haase, den Raum betreten und aufmerksam zugehört. Durch einen kurzen Blickkontakt hatte er HK Waski signalisiert, dass dieser sich bei der Leitung der Beratung nicht gestört fühlen solle.

Lutz Waski bedankte sich bei seinen Mitstreitern Erika Dommel und Kurt Paulsen und wandte sich dann direkt an seinen Chef:

„Ich bin auch der Meinung, dass das LKA eingeschaltet werden sollte und denke, Sie werden das Nötige veranlassen."

KR Haase stimmte zu und wollte schon in sein Büro gehen, um mit dem LKA zu telefonieren, wurde aber von HK Wohlfeld mit den Worten aufgehalten: „Herr Kriminalrat, vielleicht sollten Sie sich noch anhören, was die Spurensicherung im Mordfall Seifert ergeben hat."

KR Haase nahm wieder Platz und sah den stellvertretenden Leiter der KTU erwartungsvoll an.

Dieser begann: „Wie bekannt, haben wir gestern am Vormittag den Tatort in Babenhausen gründlich untersucht. Die Ausbeute war mager. Wir haben die Tatwaffe, einen Baseballschläger mit anhaftenden braunen Faserspuren, wahrscheinlich von einem Handschuh, sowie einen fremden Fußabdruck aus der Wohnung von Heiko Friedrich. Das Wichtigste ist aber die Aufnahme der Überwachungskamera, auf der die Tat und der Täter, der allerdings maskiert war, zu erkennen sind.

Interessanter ist aber, was wir in der gemeinsamen Wohnung der beiden Freundinnen Kerstin Dehmel und Carmen Seifert gefunden haben.

HK Forstmann hatte uns gestern Abend dorthin gerufen weil Frau Dommel gegen 17:00 Uhr festgestellt hatte, dass eingebrochen wurde.

Wir waren kurz vor 18:00 Uhr vor Ort und haben festgestellt, dass das Schloss der Wohnungstür fachmännisch geknackt worden war.

In der Wohnung war alles durchwühlt. Wie Frau Dommel später bestätigte, wurden etwa dreihundert Euro jedoch keine Wertsachen mitgenommen, aber die Laptops der beiden Damen fehlten.

Die Sicherung und Auswertung der reichlich vorhandenen Spuren hat die ganze Nacht in Anspruch genommen.

Im Badezimmer haben wir dann einen Volltreffer gelandet. Es wurden Abdrücke von einem Zeigefinger und einem Daumen sichergestellt. Beide gehören eindeutig Eduard Schmoller, in Fachkreisen *Ede der Schränker* genannt. Er ist uns wohlbekannt und erst vor vier Wochen aus dem Gefängnis entlassen worden. Dort saß er eine dreijährige Strafe ab, zu der er wegen Einbruchs mit schwerer Körperverletzung verurteilt worden war. Diese Tat hatte er zusammen mit seinem Kumpan Karlheinz Eckland (genannt *Kalle*) verübt.

Die beiden sind seit ihrem 16. Lebensjahr immer wieder straffällig geworden und haben viele Dinger gemeinsam gedreht. *Ede* und *Kalle* sind jetzt Mitte vierzig. Die genauen Daten haben wir in den Akten. Daraus geht hervor: Die beiden haben fast mehr Zeit hinter Gittern zugebracht als in Freiheit.

Derzeit sind zur Bewährung auf freiem Fuß. Sie dürften unsere Täter von Babenhausen sein. Einer von ihnen hat Frau Seifert erschlagen und der andere in der Wohnung von Heiko Friedrich nach Speichermedien gesucht. Das Handy von Carmen Seifert haben bzw. hatten sie höchstwahrscheinlich im Besitz, es lässt sich allerdings nicht orten."

Es setzte ein allgemeines Stimmengewirr ein. Alle Teilnehmer der Beratung waren sich einig, dass ein Durchbruch erzielt sei.

Der Kriminalrat sah dies genauso und bat die Hauptkommissare Kerstin Dehmel, Kurt Kunze, Heinz Wohlfeld und Lutz Waski ihm in sein Büro zu folgen. Die übrigen sollten sich eine Pause gönnen.
Von seinem Büro rief Torsten Haase den Leiter der Abteilung Raubstraftaten, Hauptkommissar Norbert Prasse, an und bat ihn zu sich.

Es dauerte einen Moment, bis dieser kam.
Dann war aber mit ihm, HK Dehmel und HK Kunze die Abteilung Raubstraftaten komplett. Norbert Prasse wurde von seinem Chef ins Bild gesetzt.

Kriminalrat Haase traf folgende Entscheidung:
„Wir behandeln die beiden Fälle Seifert und Bertoni ab sofort getrennt.
Die Leitung im Fall Seifert übernimmt HK Prasse, wobei zu seinem Team die HK Dehmel

und Kunze sowie OK Horst Paulsen gehören werden.

Die erste Aufgabe ist, *Ede* und *Kalle* festzusetzen. Da diese beiden *alte Kunden* unserer Abteilung Raubstraftaten sind, gibt es sicher Kontakte in die Szene, die genutzt werden können.

Bezüglich der Firmen DIC-Handelsgesellschaft und FBOC-Consulting werde ich mich gleich mit dem LKA in Verbindung setzten.

Da der Fall Enrico Bertoni uns sicher noch einiges Kopfzerbrechen bereiten wird, bilden wir eine Sonderkommission, die wir *Soko Garten* nennen. Ihr gehören mit Ausnahme von Kerstin Demel, Kurt Kunze und Horst Paulsen alle anderen an der Beratung beteiligten Mitarbeiter des K10 an.
Die Leitung übernimmt Hauptkommissar Waski."

Damit war das Gespräch beendet. Norbert Prasse und seine Kollegen brachen auf, um sich um *Ede* und *Kalle* zu kümmern und Lutz Waski ging zurück in den Beratungsraum.

19.

Donnerstag, 6. Juni; 10:30 Uhr

Hauptkommissar Lutz Waski kam in den Beratungsraum zurück, wo er von den verbliebenen Beamten – die Kollegen Kerstin Dehmel, Kurt Kunze und Horst Paulsen waren nach der Pause nicht mit in den Raum zurückgelehrt – erwartungsvoll angeblickt wurde.

Er sagte: „Der Fall Seifert wird ab jetzt von der Abteilung Raubstraftaten, also HK Norbert Prasse und seinem Team, beziehungsweise vom LKA bearbeitet. Ich denke, Norbert und seinen Leuten wird es gelingen, die beiden mutmaßlichen Täter *Ede* und *Kalle* festzunehmen. Über die Ergebnisse der Verhöre werden wir selbstverständlich informiert.

Für den Fall Bertoni hat der Chef die *Soko Garten* gebildet und mich mit der Leitung beauftragt.
Ich fasse kurz zusammen, was wir bisher haben:
Enrico Bertoni wurde in der Nacht vom 4. zum 5. Juni zwischen 23:00 Uhr und 1:00 Uhr in seiner Wohnung durch eine Giftspritze getötet. Er hatte kurz vor seinem Tod Geschlechtsverkehr, die DNA seiner Partnerin, die meines Erachtens als Täterin infrage kommt, wurde sichergestellt.

Seine nackte Leiche wurde im Garten der Familie Meinert abgelegt und dort von Frau Meinert gegen 4:00 Uhr entdeckt, weil der Alarm losgegangen war.
Außerdem spielt ein grüner Ford-Transit eine Rolle, der vor dem Grundstück geparkt war und der als Transporter für den Toten gedient hat.

Von Enrico Bertoni wissen wir Folgendes:
Er wurde am 2. 11. 1992 in Darmstadt geboren. Er besitzt einen Führerschein und seit 2010 ist auf ihn ein PKW-Golf zugelassen. Weder bei der Polizei noch in Flensburg gibt es irgendwelche Eintragungen über ihn.
Bertoni besuchte von 2002 bis 2011 das Albert-Einstein-Gymnasium in Darmstadt und ist nach dem Abi durch die Welt gezogen,
Er war ein Einzelkind. Sein Vater ist Italiener, seine Mutter Deutsche. Die beiden hatten in Weiterstadt eine Pizzeria, sind aber schon vor zehn Jahren in die Toskana gezogen.
Ein Schulfreund, mit dem sich Bertoni gelegentlich getroffen hatte, meinte, Enrico hätte einen guten Job. Uns ist von einer regulären Arbeitsstelle aber bisher nichts bekannt.

Soweit die Faktenlage.

Zu dem Lieferwagen wird uns Daniel," Lutz sah zu HK Daniel Goebel, den Leiter der KTU, „sicher nachher mehr sagen können.

Wenden wir uns aber zunächst der Familie Meinert zu.

Da wäre Prof. Dr. Silvio Meinert. Mit ihm hat sich KK Kleinert unterhalten. Ralf, wie ist Ihr Fazit?"

Der so Angesprochene antwortete: „Prof. Kleinert war vom 3. bis 5. Juni in München, was von mehreren Zeugen bestätigt wird. Ich habe mich nach seiner Rückkehr gestern am frühen Abend mit ihm unterhalten. Er kann sich keinen Reim auf die Sache machen, scheidet als Täter aber eindeutig aus. Ob auch als möglicher Auftraggeber, ist ungewiss."

Als nächstes bat HK Waski seine Kollegin KK Gisela Bernd über ihr Gespräch mit Frau Carola Meinert zu berichten.

Gisela begann: „Ich nehme an, euch allen ist inzwischen aus den Akten das Inserat von Enrico Bertoni bekannt. Ich projiziere es
aber noch einmal."

Auf der Leinwand erschien:

Für Frauen biete ich Dienstleistungen aller Art an – auch außergewöhnliche.

Absolute Diskretion ist für mich selbstverständlich.

Auch Hausbesuche sind möglich.

Informationen, Beratungen, Termine unter 0159-663366 oder enribert@web.de

KK Bernd setzte fort: „Frau Meinert hat mir bestätigt, dass sie von dieser Offerte Gebrauch gemacht hat.

Sie hat seit etwa vier Monaten *Therapiestunden* – wie sie es nannte – bei Bertoni besucht. Ihr Mann und ihre Kinder hätten davon aber keine Ahnung gehabt.

„Kommen wir zu den Kindern", nahm HK Waski den Faden wieder auf. „Ich kenne die Meinerts seit langem und die Kinder von klein auf.

Die Tochter Kirsten studiert derzeit in Finnland, spielt für unseren Fall also keine Rolle.

Anders der Sohn Tim, mit dem ich mich – er wollte nur mit mir, seinem Onkel Lutz, sprechen – gestern länger unterhalten habe.

Um es kurz zu machen: Tim wurde erpresst.

Man hatte ihm folgende Mail geschickt:

> Hören Sie sich im Anhang das Liebesgestöhne Ihrer Mutter an.
>
> Wenn Sie nicht wollen, dass diese Tonaufnahme samt zugehörigem Bild und Name und Adresse in den sozialen Medien erscheint, legen Sie zehntausend Euro bereit.
>
> Wenn Sie das Geld übergeben, werden alle kompromittierenden Dateien gelöscht.
>
> Sie erfahren, wann und wo Sie das Geld übergeben können.

Sollten Sie sich weigern zu zahlen oder die Polizei einschalten, können Sie das Ganze gleich im Internet sehen.

Waski setzte fort: „Tim wusste nicht, was er tun sollte. Er hat diese Erpressung aber gestern bei einem Mittagessen erwähnt, zu dem er wegen des Verkaufs der Firma *KIHT-GmbH* von Herrn Bogdanow eingeladen war. Dieser habe gesagt, er würde die Sache regeln. Heute Mittag hat Tim nun folgende WhatsApp-Nachricht erhalten:"

Wir haben Ihren Auftrag ausgeführt.
Der Tote im Garten Ihrer Mutter ist der Erpresser.
Wir hoffen, dass Sie diese *Dienstleistung* bei unseren künftigen Beziehungen berücksichtigen werden.

„Tim macht sich nun Gedanken, dass er Schuld am Tod von Bertoni sein könnte", redete HK Waski weiter. „Ich konnte ihn aber beruhigen, denn ich halte es für ausgeschlossen, dass der Mord an Bertoni in der kurzen Zeitspanne zwischen 13:00 Uhr am 4.6. und 1:00 Uhr am 5.6. von Bogdanow organisiert werden konnte. Ich halte diesen eher für einen perfiden Trittbrettfahrer.

Tim gibt übrigens an, die Nacht bei seiner Freundin verbracht zu haben. Ich hatte KK Hauser gebeten, sich mit dieser zu unterhalten. Evi, was haben Sie erfahren?"

Diese berichtet, dass Tims Freundin seine Aussage in allen Punkten bestätigt hat. Die beiden waren am Abend des 4. Juni und die ganze folgende Nacht zusammen. Sie wusste auch, dass Tim erpresst wurde und sagte, er habe deswegen ganz schlecht geschlafen.

Lutz Waski fasste zusammen:
„Nach bisherigem Erkenntnisstand sind die Meinerts, was die Ermordung von Bertoni betrifft, so gut wie aus dem Schneider. Es besteht aber theoretisch noch die Möglichkeit, dass einer von ihnen die Tat in Auftrag gegeben hat. Ich halte dies aber für äußerst unwahrscheinlich. Die Tatsache, dass Carola Meinert *Kundin* bei Bertoni war, könnte erklären, warum sein Leichnam in Eppertshausen gelandet ist. Vielleicht wollte jemand den Verdacht auf die Meinerts lenken.

Unsere Hoffnungen ruhen nun auf dem, was wir in der Wohnung des Toten gefunden haben.
Wir machen eine kurze Pause und dann hat Daniel das Wort.“

Nach etwa 15 Minuten begann dieser:
„Wir haben zunächst die Wohnung gründlich unter die Lupe genommen. Dabei konnte eine Vielzahl von Fingerabdrücken und DNA-Material sichergestellt werden. Das meiste davon stammt von Enrico Bertoni. Einige Fin-

gerabdrücke gehören zu Frau Meinert, aber es gibt noch viele, die wir bisher nicht zuordnen konnten. Die Auswertung der DNA-Proben läuft noch.

Im Bett haben zwei Personen gelegen, außer Bertoni noch eine Frau. Sie hatten Geschlechtsverkehr. Die DNA dieser Frau haben die Gerichtsmediziner in Frankfurt gesichert.

Im Badezimmer haben wir am Spiegelschrank Fingerabdrücke gefunden, aber leider waren die Abgleiche mit unseren Datenbanken bisher erfolglos.

Im Schlafzimmerschrank haben wir eine auf das Bett gerichtete Digitalkamera entdeckt. Sie konnte über eine Fernbedienung, die in der Nachttischschublade lag, ein- und ausgeschaltet werden. Eine USB-Buchse war vorhanden, aber ohne einen Stick. Es war aber auch möglich, die Aufnahmen mittels Bluetooth direkt zu übertragen, zum Beispiel auf einen Fernseher, einen PC oder eine externe Festplatte.

Wir haben aber trotz gründlicher Suche in der ganzen Wohnung keinen Laptop und auch keine Speichermedien gefunden.

Vor uns war allerdings die Wohnung bereits gründlich durchsucht worden. Die Spuren deuten darauf hin, dass dabei zwei Personen am Werk waren. Ich denke, es waren die Mörderin und ihr/ihre Komplize/Komplizin. Das legen die Ergebnisse der Auswertung der Aufzeichnungen von der Tiefgarage nahe.

Hierzu komme ich jetzt.
In der Tiefgarage gibt es 30 Stellplätze, wovon 24 den einzelnen Wohnungen zugeordnet sind. Vier sind als Besucherparkplätze gekennzeichnet und zwei für die Hausverwaltung reserviert.
Auf dem Platz 101 steht der Golf von Enrico Bertoni.
Wir haben uns bei der Sichtung der Ein- und Ausfahrten zunächst auf den Zeitraum vom 4.6. 12:00 Uhr bis 5.6. 8:00 Uhr konzentriert.
In dieser Zeitspanne gab es 37 Fahrten, wovon wir in mühevoller Kleinarbeit 31 den Bewohnern des Hauses zuordnen konnten.
Von den fehlenden sechs Fahrten ist Folgendes zu sagen:
Um 17:50 Uhr ist ein Smart mit Dieburger Kennzeichen ein- und um 21:20 Uhr wieder ausgefahren. Wir wissen inzwischen, dass damit Frau Meinert zu Besuch war.

22:30 Uhr ist ein dunkelblauer PKW Hyundai i30 eingefahren. Das Darmstädter Kennzeichen war gefälscht Das echte gehört zu einem Auto der Gemeindeverwaltung Reinheim.

Und nun wird es interessant: 0:10 Uhr ist der uns bekannte grüne Ford-Transit gekommen.

Beide Fahrzeuge, also der Ford und der Hyundai haben die Tiefgarage in dieser Reihenfolge um 3:05 Uhr kurz nacheinander verlassen. Man darf wohl annehmen, dass damit der Transport der Leiche nach Eppertshausen begann.

Die Fahndung nach dem Hyundai läuft, aber die Erfolgsaussichten dürften gering sein. Helfen könnte aber vielleicht, dass er eine Beule unter dem rechten Rücklicht hat.

Nun zu dem Ford-Transit:
Wir haben im und am Auto eine Vielzahl von Spuren gefunden.

Sicher ist, dass in diesem Auto der Leichnam von Bertoni transportiert wurde.

Schnell klar wurde auch, dass die Seitenaufschriften *Hausmeisterdienst Werner* mit selbstklebenden Buchstaben erst vor kurzem angebracht wurden. Die an einem der beiden großen *W* gefundenen Fingerabdrücke könnten noch wichtig werden.

Zum weiteren Spurenabgleich sind meine Leute derzeit bei der Gärtnerei in Groß-Zimmern, der der Lieferwagen gehört.

Er wurde gestern gegen 18:00 Uhr auf dem Betriebsgelände abgestellt und wurde heute früh vermisst. Der Diebstahl wurde gestern um 9:25 Uhr beim zuständigen Polizeirevier angezeigt.

Eine letzte Bemerkung zu den Autos:

Es ist auffällig, dass die Originale der gefälschten Kennzeichen beider Fahrzeuge in Reinheim zu finden sind, und der Ort, von dem der Lieferwagen entwendet wurde, liegt in der Nähe."

Daniel Goebel schien seine Ausführungen beendet zu haben und es setzte ein allgemeines Stimmengewirr ein.

Dann redete der Hauptkommissar aber weiter:

„Kollegen, es gibt noch ein interessantes Ergebnis unserer Untersuchungen:"

Alle sahen ihn gespannt an.

„Wir haben – wie ich schon sagte – die Wohnung von Bertoni gründlich durchsucht, vor allem auch nach elektronischen Speichermedien. Ohne Erfolg, wie ich sagte.

Aber – wir haben einen Schlüssel für ein Bankschließfach gefunden. Er hing zwischen anderen Schlüsseln an einem Brett neben der Eingangstür.

Dieser Safe-Schlüssel wurde von den Tätern offenbar übersehen. Er gehört zu einer Filiale der Sparkasse im Nachbarhaus. Wir haben mit dem Filialleiter gesprochen. Er wollte uns aber ohne einen richterlichen Beschluss keinen Zugang zu dem Schließfach gewähren.

Ich denke, wir werden einen solchen Beschluss kurzfristig erhalten und sollten uns dann den Inhalt dieses Faches ansehen."

Damit beendete Daniel Goebel seinen Bericht.

Hauptkommissar Waski bedankte sich und erklärte: Für unsere weitere Arbeit sehe ich im Moment zwei Schwerpunkte:

Erstens müssen wir den Inhalt des Schließfaches von Bertoni kennenlernen. Im Anschluss an diese Beratung werden Melanie Forstmann und ich gemeinsam mit Daniel Goebel diese Sache in Angriff nehmen. Miriam Fendt mag mit uns kommen.

Zweitens sollten wir uns in Reinheim umhören. Zunächst bei den Mitarbeitern der Gärtnerei, deren Lieferwagen gestohlen wurde.
Dann aber auch in der näheren Umgebung. Vielleicht hat jemand etwas von dem Diebstahl bemerkt. Die Täter müssen auch das Auto der Gemeindeverwaltung, dessen Kennzeichen gefälscht wurden, gesehen haben. Gleiches gilt auch für den BMW des Arztes aus Groß-Zimmern. Das Ganze ist natürlich ein Stochern mit der Stange im Nebel, aber wenn wir großes Glück haben, fällt einem von uns der Hyundai i30 mit einer Beule am Heck auf.
Mit dieser Aufgabe möchte ich unter Leitung von OK Ali Durmaz alle übrigen der hier anwesenden Beamten betrauen.“

Damit war die Beratung beendet.

20.

Donnerstag, 6. Juni; 12:00 Uhr

Im Arbeitszimmer des 1.Hauptkommissars Norbert Prasse, dem Leiter der Abteilung *Raubstraftaten,* hatten sich seine Mitarbeiter, die Hauptkommissare Kerstin Dehmel und Kurt Kunze eingefunden.

Unmittelbar nach Ende der Beratung, bei der ihnen vom Kriminalrat der Auftrag erteilt worden war, sich um Eduard Schmoller und Karlheinz Eckland zu kümmern, hatte HK Prasse die entsprechenden Akten angefordert.

Daraus war ersichtlich, dass nach der Haftentlassung bei beiden eine Reststrafe zur Bewährung ausgesetzt wurde. Außerdem war ihnen ein Bewährungshelfer zugeordnet und eine Wohnung in der Darmstädter Kirchtannensiedlung zugewiesen worden.

Während HK Norbert Prasse die Akten gründlich studieren wollte, hatten sich seine beiden Kollegen auf den Weg nach Darmstadt-Eberstadt begeben.

Nun waren beide zurück.

HK Kunze berichtete: „Es ist uns leider nicht gelungen, die beiden Gesuchten, also Eduard Schmoller und Karlheinz Eckland aufzuspüren und festzunehmen. Da Gefahr im Verzug schien, hat Kerstin sich in ihrer Wohnung umgesehen. Ich habe inzwischen einen unserer *Bekannten* aus der Szene aufgesucht.

Dieser hat berichtet, dass man gestern Abend mit *Ede dem Schränker* und *Kalle* in der Kneipe *Alte Mühle* zusammensaß. Dabei hätten die beiden den *dicken Max* gemacht und nicht nur eine Saalrunde geschmissen. Sie waren offenbar zu Geld gekommen. Später haben sie verlauten lassen, dass sie aus Deutschland abhauen wollen. Da sie aber wegen der Bewährung keine Pässe haben, wollten sie nach Mallorca fliegen und von dort weiter nach Thailand.

Die Fahndung nach den beiden läuft. Von Frankfurt können sie noch nicht abgeflogen sein. Wegen eines Streiks des Bodenpersonals starten nämlich heute vor 17:00 Uhr keine Flieger. Aber vielleicht hat Kerstin in der Wohnung der beiden etwas gefunden, woraus wir auf ihren Aufenthaltsort schließen können."

Hauptkommissarin Kerstin Dehmel übernahm: „Die angegebene Adresse in Darmstadt-Eberstadt befindet sich in der Kirschtannensiedlung und damit in einem sogenannten Problemviertel. *Ede* und *Kalle* – ich benutze einfach weiter ihre Spitznamen – haben dort jeder ein Zimmer in einer WG. Dort wohnen außerdem noch zwei Frauen und ein Mann, alle drei sind vorbestraft. Ich habe sie angetroffen und obwohl sie kooperativ schienen, konnten oder wollten sie nicht sagen, wo *Ede* und *Kalle* derzeit zu finden sind.

Ich habe mir dann die Zimmer der beiden angesehen und kann nur sagen:

Das reinste Chaos.

Ob es sich lohnt, unsere *Spusi* dort hinzuschicken, wage ich zu bezweifeln. Bei einer flüchtigen Durchsicht, selbstverständlich hatte ich Latexhandschuhe an, habe ich weder Handys oder Laptops gefunden, auch keine anderen elektronische Speichermedien.

Das Einzige, was mir in *Edes* Zimmer auffiel, waren ein paar braune Stoffhandschuhe.

Da an dem Baseballschläger, mit dem man Carmen Seifert erschlagen hat, Stofffasern gefunden wurden, habe ich die Handschuhe zur KTU gebracht. Vielleicht haben wir Glück und können damit *Ede* überführen.

Ich habe dann beide Zimmer versiegelt und die Personalien der drei Mitbewohner aufgenommen.“

HK Prasse bedankte sich und informierte dann seine beiden Kollegen noch über das Ergebnis seines Aktenstudiums.

Danach waren Eduard Schmoller (*Ede der Schränker*) 43 Jahre alt und Karlheinz Eckland (*Kalle*) 44 Jahre. Beide sind ledig und Angaben zur familiären Herkunft fehlten. Sie sind in Kinderheimen aufgewachsen und kennen sich seit ihrer gemeinsamen Zeit im letzten dieser Heime. Mit 16 sind sie erstmals vor Gericht gelandet, wegen mehrerer gemeinsam begangenen Diebstähle. Mit einer Bewährungsstrafe sind sie damals davongekommen. Von da an ging es mit den beiden aber stetig bergab. Immer wieder wurden sie straffällig, zuerst wegen dreister Diebstähle, dann wegen Einbruchs und zuletzt wegen eines Einbruchs mit Körperverletzung. Dabei hatten sie eine alte Frau, von der sie überrascht wurden, brutal zusammengeschlagen. Von den letzten zwanzig Jahren ihres Lebens haben Ede und Kalle fast die Hälfte im Gefängnis zugebracht.

Hauptkommissar Prasse fasste zusammen: „Es ist eigentlich beschämend für unsere Gesellschaft, dass es nicht gelungen ist, zwei junge Männer von ihrem Weg in die Kriminalität abzubringen. Nun sind sie – wenn nicht alles täuscht – auch noch zu Mördern geworden.

Ich bin auf ihr Verhalten gespannt, wenn sie bei uns im Verhörraum sitzen. Das wird über kurz oder lang sicher der Fall sein."

21.

Donnerstag, 6. Juni; 12:10 Uhr

Vor der Filiale der Sparkasse Darmstadt in der Kranichsteiner Alfred-Krupp-Straße hatten sich Lutz Waski, Melanie Forstmann, Daniel Goebel und Miriam Fendt getroffen.
Gemeinsam betraten sie das Gebäude und verlangten, den Leiter der Filiale zu sprechen.

Dieser kam unverzüglich und war – nachdem HK Waski den richterlichen Beschluss vorgelegt hatte – sofort bereit, die Kriminalisten zu den Schließfächern zu führen. Er bestätigte, dass das Fach 213 von Enrico Bertoni angemietet worden war. Der Schlüssel, den HK Goebel mitgebracht hatte, passte. Da er aber kein zugehöriges Passwort hatte, musste der Filialleiter helfen. Dieser tippte einige Zahlen in sein Tablet und nach wenigen Sekunden ließ sich das Fach öffnen.

Der Filialleiter zog sich diskret zurück und Daniel Goebel nahm nacheinander alles aus dem Schließfach heraus und postierte es auf dem kleinen Tisch, der zusammen mit zwei Stühlen im Raum stand. Dabei war er sehr darauf bedacht, keine der möglicherweise anhaftenden Spuren zu verwischen.
Dann betrachteten alle vier Polizisten den vor ihnen ausgebreiteten Inhalt des Safes.

Sie sahen:
- Zwei Uhren der Marke Rolex;
- ein Etui mit verschiedenen Goldmünzen;
- mehrere Bündel Banknoten;
- eine externe Festplatte
- einige Mappen mit diversen Akten.

Die Zählung des Geldes ergab eine Summe von 50.000 Euro in Scheinen zu fünfhundert und hundert Euro. Außerdem waren noch dreißig Scheine zu 100 Dollar vorhanden.
Die Beamten waren dabei, alles sorgfältig zu protokollieren. Als Miriam ihr Erstaunen nicht länger zurückhalten konnte, sagte sie:
„Eines verstehe ich nicht. Dieser Bertoni war doch gewiss kein armer Mann, wie wir hier sehen. Weshalb hat er sich dann mit Erpressungen abgegeben?"
„Das ist die Gier," antwortete Daniel Goebel. „Ich bin jetzt über dreißig Jahre Polizist und habe oft genug erlebt, wie die Gier nach Geld und Macht Menschen, die es absolut nicht nötig gehabt hätten, kriminell werden ließ.
Aber ich schlage vor, dass wir hier einpacken und die weitere Untersuchung bei uns in der KTU vornehmen. Dabei bin ich sehr gespannt, was uns die Festplatte zu erzählen vermag."

„Das geht uns wohl allen so", bekräftigte Lutz Waski den Vorschlag.

Damit verabschiedeten sich die Kriminalisten vom Filialleiter und fuhren zurück ins Präsidium.

Es war dann gut eine halbe Stunde später. Alle vier saßen im Arbeitszimmer des Leiters der KTU, Daniel Goebel. Dieser hatte bis auf die Festplatte die Inhalte des Bankschließfaches seinen Kollegen übergeben und seinen IT-Spezialisten, Hauptkommissar Stefan Ring, mitgebracht.
Dieser sagte: „Als erstes wollen wir die gesamte Festplatte kopieren. Dann können wir uns deren Inhalt von der Kopie ansehen. Das Original heben wir für später auf, vielleicht enthält es versteckte Dateien, die nicht so einfach kopiert werden konnten."
Dann schloss er die aus dem Schließfach mitgebrachte Festplatte an seinem Laptop an und startete den Kopiervorgang. Der nahm ein paar Minuten in Anspruch.
Danach widmete sich HK Ring der Kopie. Er stellte fest, dass es keine nennenswerten Sicherungen gab. Alle konnten auf einem großen Bildschirm mitlesen. Man sah zunächst eine Vielzahl von Ordnern. HK Ring sagte:
„Wenn ich das hier so sehe, muss ich sagen: Herr Bertoni war ein ordentlicher Mensch.
Der letzte Eintrag auf der Festplatte ist übrigens vom 4. Juni; 10:23 Uhr.

Wie ihr seht, gibt es die folgenden Ordner:"
Alle konnten auf dem Bildschirm lesen:
—   Besucher;
—   Finanzen;
—   Material;
—   Sondereinnahmen;
—   Sonstiges;
—   Schriftverkehr;
—   Wohnung.

Hauptkommissar Ring öffnete den ersten Ordner *Besucher*.
Dieser enthielt folgende Unterordner:[10]
1. Annegret Hilbert;
2. Dorothe Franke;
3. Hildegard Elfers;
4. Viola Kaufmann;
5. Monika Reinhard;
6. Dr. Beatrice Sommerfeld;
7. Nicola Taufeld;
8. Carola Meinert;
9. Katrin Lienhard;
10. Britta Weidner;
11. Lucia Nehmer;
12. Elvira Sanders;
13. Alva Taranez;
14. Gerlinde Heumann;
15. Vanessa Ducks;
16. Ariane Bilgram.

---

[10] Siehe auch Personenliste, S. 242 ff

Hauptkommissar Waski nahm das Wort:
Wenn ich das hier richtig deute, sind dies alles *Kundinnen*, die die *Therapie* von Bertoni in Anspruch genommen haben. Sehen wir uns bitte einmal an, was zu Carola Meinert steht."
Als der entsprechende Ordner geöffnet wurde, konnte man lesen:

8. Carola Meinert; 49; Übersetzerin
   64859 Am Kreuzfeld 21;
   13-2-24-500, 5-3-24-500 26-3-24-500
   2-5-24-500   14-5-24-500
   Liebt es hart;   redet gern;
   Hat Geld
   4.6.24 E - Sohn

Jetzt ergriff Melanie Forstmann das Wort:
„Ich denke, hier sind Alter, Anschrift und Besuchsdaten von Frau Meinert gespeichert, sowie die jeweilige Zahlung. Das *E* könnte für *erpressbar* und *Sohn* für die zu erpressende Person stehen."

Lutz Waski nickte und meinte:
„Melanie hat recht. Wenn wir die Namensliste ansehen, lässt sich auf den ersten Blick kein Ordnungsprinzip erkennen.
„Wahrscheinlich ist es die Reihenfolge, in der sie erstmalig *Kundinnen* bei Bertoni waren. Das werden wir aber sehen, wenn wir uns die noch übrigen fünfzehn Ordner angesehen haben. Diese Arbeit werden wir aufteilen. Ich

nehme an, dass es möglich ist, den Inhalt der Festplatte auf die Computer der Kollegen zu duplizieren."

Stefan Ring erklärte, dass sei kein Problem.

„Gut," antworte HK Waski. „Wir werden uns alle um 14:00 Uhr treffen und die Aufgaben im Einzelnen verteilen. Vorher werde ich den Chef informieren und ihn bitten, uns weitere Kollegen zur Verfügung zu stellen. Eines halte ich aber für besonders wichtig:

Dr. Beatrice Sommerfeld ist die bisher zuständige Staatsanwältin. Sie muss wegen Befangenheit abgelöst werden.

Jetzt sollten wir uns aber wenigstens noch kurz ansehen, was die anderen Ordner enthalten.

Stefan, öffnen Sie doch bitte der Reihe nach und geben uns einen groben Überblick über deren Inhalte."

Hauptkommissar Stefan Ring folgte dieser Bitte und die vier Anderen erfuhren:

- Der Ordner *Finanzen* enthält ein Kassenbuch und Kontoauszüge von Giro- und Festgeldkonten bei der Sparkasse und Volksbank. Nach einem ersten Überschlag waren Guthaben von etwa 100.000 Euro verbucht;

- Der Ordner *Material* enthält Bild- und Tonaufnahmen von Sexszenen. Diese sind durch Ziffern den jeweiligen *Besucherinnen* und nach Datum sortiert.

– Im Ordner *Sondereinnahmen* befinden sich – auch einzelnen Personen zugeordnet – Angaben zur Erpressung. Sowohl entsprechende E-Mails, als auch Angaben zu Geldeingängen;
– In den Ordnern *Sonstiges* und *Schriftverkehr* finden sich auf den ersten Blick keine brisanten Fakten. Sie enthalten nach Datum sortiert normale Vorgänge;
– Im Ordner *Wohnung* befindet sich der Kaufvertrag für die Eigentumswohnung in Kranichstein, ein entsprechender Kreditvertrag und eine Menge von Abrechnungen.

HK Ring beendete seine Ausführungen mit den Worten: „Ich denke, hier liegt eine Menge Arbeit vor uns:"

Lutz Waski stimmte zu und sagte:
„Es ist wohl gut, dass Enrico Bertoni ein so ordentlicher Mensch war. Aber der Berg von Arbeit, den er uns hinterlassen hat, wird dadurch nicht kleiner.

Vorrang werden wir der Auswertung des Ordners *Personen* einräumen, wobei in einem ersten Schritt diejenigen herauszufiltern sind, die mit **E** gekennzeichnet wurden.

In diesem Zusammenhang muss dabei der Ordner *Sondereinnahmen* betrachtet werden.

Bei der Beratung um 14:00 Uhr werden wir die nächsten Schritte festlegen.

22.

Donnerstag, 6. Juni; 13:30 Uhr

Im Arbeitszimmer von Kriminalrat Torsten Haase, saßen sich dieser und sein Hauptkommissar Lutz Waski an einem kleinen Tisch gegenüber.

Lutz berichtete über den aktuellen Stand der Ermittlungen im Mordfall Bertoni. Insbesondere ging auf den Inhalt des Bankschließfaches und hierbei vor allem auf die von Bertoni als Speichermedium genutzte Festplatte und deren brisante Inhalte ein. Er führte weiter aus: „Wir verfügen jetzt über eine Vielzahl von Informationen, die alle gründlich ausgewertet werden müssen. Ich äußere schon einmal die Bitte, weitere Kollegen dafür abzustellen.

Vorweg aber eine aus meiner Sicht dringliche Sache:
Im Ordner *Personen* befindet sich als Nummer sechs der Name Dr. Beatrice Sommerfeld, der Staatsanwältin, die den Fall Bertoni an sich gezogen hat.
Ich habe mir diesen Daten angesehen, und auf meinem Handy gespeichert."

HK Waski schloss sein Smartphon an den PC des Kriminalrates an und beide lasen folgenden Text:

6. Dr. Beatrice Sommerfeld; 41;
64291 Ahornpfad 7; Staatsanw.
16-3-24-500   3-4-24-400   24-4-24-500
29-5-24-400
Braucht langes Vorspiel;
28-5-24 E – Vater-Pfarrer

HK Waski erklärte: „Sicher sind hier Alter, Anschrift, Beruf und sexuelle Vorlieben sowie Ansatzpunkte für eine mögliche Erpressung gespeichert.

Details zu den Erpressungen befinden sich, nach unserer ersten groben Übersicht im Ordner *Sondereinnahmen*. Ich habe herauskopiert, was unter MEINERT und SOMMERFELD steht. Sehen wir uns das an."

Lutz tippte auf sein Smartphon und zunächst erschien folgender Text auf dem Bildschirm:

Hören Sie sich im Anhang das Liebesgestöhne Ihrer Mutter an.

Wenn Sie nicht wollen, dass diese Tonaufnahme samt zugehörigem Bild und Name und Adresse in den sozialen Medien erscheint, legen Sie zehntausend Euro bereit.

Wenn Sie das Geld übergeben, werden alle kompromittierenden Dateien gelöscht. Sie erfahren, wann und wo Sie das Geld übergeben können. Sollten Sie sich weigern zu zahlen oder die Polizei einschalten, können Sie das Ganze gleich im Internet sehen.

Kommissar Waski erklärte: „Das ist genau der Text, den man Tim Meinert geschickt hat. Die Tonaufnahme des Anhangs befindet sich im Ordner *Material*.

Dort sind eine Vielzahl von Bild- und Tonaufnahmen gespeichert, die den Sex der einzelnen Damen mit Bertoni dokumentieren. Die Aufnahmen sind über Nummern der jeweiligen Person zugeordnet und nach Datum sortiert.

Hier wartet also viel Arbeit auf uns.

Zu SOMMERFELD habe ich einen, offensichtlich an den Vater von Frau Dr. Sommerfeld gerichteten Text gefunden:"

Lutz nahm sein Handy und es war zu lesen:
Herr Pfarrer: Sehen Sie sich im Anhang das Video vom Sex Ihrer Tochter an.
Wenn Sie nicht wollen, dass dieses mit Name, Adresse und Beruf in den sozialen Medien erscheint und dem Chef Ihrer Tochter zugespielt wird, legen Sie zehntausend Euro bereit.
Wenn Sie das Geld übergeben, werden alle kompromittierenden Dateien gelöscht. Sie erfahren, wann und wo Sie das Geld übergeben können. Sollten Sie sich weigern zu zahlen oder die Polizei einschalten, können Sie das Video gleich im Internet sehen.

Lutz Waski redete weiter: „Es ist ja wohl klar, dass Staatsanwältin Dr. Sommerfeld in unserem Fall zumindest befangen ist. Es ist Ihre Entscheidung, wie es weiter geht."

Der Kriminalrat stimmte den Überlegungen Waskis vorbehaltlos zu. Während die beiden Männer noch diskutierten, wie man am besten vorgehen könnte, kam Frau Schreiber, die Sekretärin des K10, ins Zimmer und sagte:
„Es gibt einen dringenden Anruf der KTU. Man hat wohl den Hyundai i30 gefunden. Sie möchten bitte zurückrufen."
Torsten Haase griff zum Telefon und sprach mit Hauptkommissar Daniel Goebel, der inzwischen wieder in sein Reich zurückgekehrt war.
Dieser wollte berichten, wurde aber von Torsten Haase unterbrochen, der sagte: „Lutz Waski ist bei mir, ich stelle auf laut."
„Umso besser", lautete die Antwort und Daniel Goebel legte los:
„In der vergangenen Nacht gegen 4:30 Uhr wurde die Feuerwehr zu einem im Wald bei der Grube Messel liegenden Parkplatz gerufen. Dort brannte ein Auto. Als der erste Löschzug eintraf, stand das Fahrzeug voll in Flammen. Man konnte diese zwar relativ schnell löschen, aber übrig blieb ein ausgebranntes Wrack. Eine Suche nach Personen im Auto und in der Umgebung blieb erfolglos.

Nach einer ersten Inaugenscheinnahme hielten die Kollegen der Feuerwehr eine Brandstiftung für sehr wahrscheinlich.
Ein Streifenwagen der Schutzpolizei war auch rasch zur Stelle. Die Beamten protokollierten dann das Ganze, sicherten den Brandort und sandten den Bericht an ihre Dienststelle. Von dort wurden wir informiert. Der ausgebrannte PKW wurde dann zu uns, also zur KTU geschleppt, wo er vor 40 Minuten eintraf.
Ich habe mir routinemäßig das Wrack angesehen und konnte feststellen: Das war einmal ein blauer Hyundai i30 und eine Beule unter dem rechten Rücklicht, na ja dort, wo dieses einmal war, gab es auch. Wie zu erwarten, waren keine Kennzeichen am Auto. Ich habe veranlasst, dass meine Kollegen dieses Fahrzeug mit absolutem Vorrang untersuchen. Sicher lässt sich über die Fahrgestellnummer der Halter feststellen.
Sobald wir mehr wissen, melden wir uns."
Der Kriminalrat legte den Hörer aus der Hand und meinte:
„Lutz, jetzt haben wir eine weitere interessante Spur. Aber wir müssen zu der für 14:00 Uhr anberaumten Beratung, Sie sind sowieso schon zu spät. Ich spreche nur noch mit der Staatsanwaltschaft und komme dann dazu."

Lutz verließ den Raum und Torsten Haase griff zum Telefon.

23.

Donnerstag, 6. Juni; 14:00 Uhr

Im kleinen Beratungsraum des Kommissariats K10 hatten sich die Mitglieder der *Soko Garten* versammelt. Dies waren: Hautkommissarin Melanie Forstmann, Oberkommissar Ali Durmaz, die Kommissare Ralph Kleinert, Gisela Bernd, Tina Fritz, und Evi Hauser sowie die Praktikantin Miriam Fendt.
Der Leiter der *Soko*, HK Lutz Waski, fehlte.

Melanie Forstmann ergriff das Wort: „Da Lutz noch beim Kriminalrat ist, übernehme ich vorerst die Leitung und berichte über unseren Besuch bei der Sparkasse. Wie geplant, haben HK Goebel, Lutz, Miriam und ich die Filiale, bei der Bertoni ein Schließfach hatte, aufgesucht. Da wir einen richterlichen Beschluss vorweisen konnten, gab es keine Probleme, an den Inhalt des Faches zu gelangen.
Wir haben zwei Uhren der Marke Rolex, ein Etui mit verschiedenen Goldmünzen, Hefter mit diversen Akten, Banknoten im Wert von 50.000 Euro und eine externe Festplatte gefunden.
Diese Festplatte enthält eine Vielzahl äußerst brisanter Daten. Die KTU hat das Ganze jedem von euch auf den Laptop gespielt. Wenn ihr noch nicht dazu gekommen seid, ist jetzt

die Gelegenheit, einen Blick darauf zu werfen. Bitte seht euch zuerst den Ordner *Personen* an. Wir machen eine kurze Pause und setzen unsere Beratung 14:30 Uhr fort, bis dahin ist Lutz sicher auch hier."

Es dauerte aber nicht so lange, bis HK Waski den Beratungsraum betrat. Er stimmte sich kurz mit seiner Stellvertreterin ab, wartete bis zum Ende der Pause und sagte:
„Als erstes wollen wir hören was die Ermittlungen in Reinheim und Umgebung gebracht haben.
Ali, Sie haben die Sache geleitet. Wir erbitten Ihren Bericht."

Oberkommissar Ali Durmaz informierte, dass man sich zunächst bei der Gärtnerei, deren Lieferwagen eine unrühmliche Rolle im Mordfall Bertoni spielt, gründlich umgehört und umgesehen hat. Um Spuren bei der weiteren Untersuchung des Ford-Transit zuordnen zu können, haben die Kollegen der KTU Fingerabdrücke von allen Angestellten genommen. Diese wurden dann von den Beamten der *Soko* befragt, aber keiner konnte Angaben zum Diebstahl des Autos machen. Auch umfangreiche Befragungen in der Nachbarschaft blieben ohne Ergebnis. Schließlich hat man sich noch in Reinheim, Groß-Zimmern und Umgebung umgesehen, ob man vielleicht einen blauen Hundai i30 entdecken könnte.

„Der *Kommissar Zufall* hat uns aber in Stich gelassen", beendet OK Durmaz seine Ausführungen.

Lutz Waski übernahm:

„Ich fange einmal von hinten an. Ein blauer Hyundai i30 ist vergangene Nacht in der Nähe der Grube Messel ausgebrannt. Das Wrack wird derzeit von unserer KTU untersucht. Ich wette eins zu hundert, dass dies jenes Auto war, welches am 5. Juni um 3:05 Uhr die Tiefgarage in Kranichstein verlassen hat.

Wir können nur hoffen, dass die Kollegen der KTU noch brauchbare Spuren finden.

Nun zu der Festplatte, die im Bankschließfach von Enrico Bertoni lag:

Diese enthält – wir ihr ja alle schon gesehen habt – eine Unmenge von Daten. Wir werden nachher festlegen, in welcher Reihenfolge und von wem die Auswertung vorgenommen wird. Ich habe den Chef bereits gebeten, uns weitere Kollegen zur Verfügung zu stellen.

Vorrang hat meines Erachtens die Auswertung des Ordners *Personen*. Ihr findet ihn auf euren Laptops und könnt sehen, dass er sechzehn Namen enthält.

„Von diesen Damen sind uns bisher drei bekannt, nämlich Carola Meinert, die Nummer acht auf der Liste, ihre Freundin Monika Reinhard, die Nummer fünf, und unter der Nummer sechs unsere Staatsanwältin Dr. Beatrice Sommerfeld.

Mit Frau Meinert haben wir uns bereits ausführlich unterhalten, die Ergebnisse der Gespräche sind protokolliert.

Mit ihrer Freundin Frau Reinhard sollte nach unserer Beratung Miriam Fendt sprechen.

Mit Frau Dr. Sommerfeld möchte ich das Gespräch selbst führen. Hier habe ich dem Chef bereits das an ihren Vater gerichteten Erpressungsschreiben gezeigt."

Lutz wollte weiterreden, wurde aber von Torsten Haase, der inzwischen leise den Raum betreten hatte, unterbrochen:
„Ich bitte um Entschuldigung, muss aber an dieser Stelle ein paar Worte hinsichtlich Frau Dr. Sommerfeld sagen.
Ich habe eben mit Oberstaatsanwalt Dr. Flade gesprochen. Er hat mitgeteilt, dass Frau Dr. Sommerfeld heute zu einer Tagung in Kassel ist. Morgen nach Dienstbeginn will er selbst mit ihr zu uns kommen. Ich habe ihm aber unmissverständlich klar gemacht, dass die Befragung seiner Mitarbeiterin ausschließlich durch uns erfolgen wird. Ich denke, das sollten Lutz Waski gemeinsam mit Melanie Forstmann übernehmen.

Wir anderen können von außen zusehen.
So, nun übernimmt wieder der Leiter der *Soko Garten*.“

HK Lutz Waski ergriff wieder das Wort:
„Ich komme zu dem Ordner *Personen* zurück. Von den verbleibenden – ich sage einmal – *Kundinnen* Bertonis sollten wir uns zunächst diejenigen vornehmen, die erpresst wurden oder bei denen dies versucht wurde.
Außer Frau Meinert und Frau Dr. Sommerfeld sind dies noch vier.
Sehen wir uns im Einzelnen an, was Bertoni dazu gespeichert hat:
Da wäre zunächst die Nummer vier aus der Liste.“
Lutz projizierte und man konnte lesen:

4. Viola Kaufmann; 44;
64285 Weinstraße 14; Direktorin.
23-2-23-400 23- 3-23-400 20-4-23-400
22-6-23-400 20- 7-23-400 17-8-23-400
21-9-23-400 23-11-23-400 25-1-24-400
26-2-24-400 18- 4-24-400
Min. zweimal;
26-4-24 E – Lebensgefährtin - erl.

HK Waski erläuterte:
„Wir haben Name, Adresse und Beruf sowie die Daten der Besuche und das gezahlte *Honorar*.

Außerdem ist ersichtlich, dass die Erpressung, bei der/die Lebensgefährte/-gefährtin eine Rolle spielte, am 26.4.2024 begann und erfolgreich war. Das entsprechende Schreiben ist – wie alle anderen auch – von Bertoni im Ordner *Sondereinahmen* gespeichert. Die zugehörigen kompromittierenden Dateien sind im Orner *Material* zu finden.
Ich bitte, Kommissarin Gisela Bernd nach dem Ende unserer Beratung das Gespräch mit Frau Kaufmann zu suchen."

Die anderen drei Frauen sind Dorothe Franke; Hildegard Elfers und Nicola Taufeld.

Dorothe Franke wurde von Bertoni unter Nummer zwei geführt, die beiden anderen unter den Nummern drei und sieben.
Wie schon bei Frau Kaufmann sind alle relevanten Daten auf der Festplatte vorhanden.

Hier nur so viel:
Frau Franke ist Gymnasiallehrerin, Hildegard Elfers ist Mitinhaberin einer Modeboutique, Nicola Taufeld ist Sängerin am Staatstheater.

Nachdem die Erpressung bei Viola Kaufmann Ende April erfolgreich war, scheint Bertoni auf den Geschmack gekommen zu sein. Die folgenden Versuche fanden allesamt im Mai dieses Jahres statt.
Wir müssen ermitteln, ob eines dieser Opfer sich des Erpressers entledigen wollte und viel-

leicht den Mord an Bertoni in Auftrag gegeben hat. Dabei konnten sie aber nicht sicher sein, ob dieser mit den Erpressungen überhaupt zu tun hat, oder ob ein Dritter sich Bertonis Daten verschafft und diese genutzt hat. Ich halte das zwar für sehr unwahrscheinlich, aber spätestens die Auswertung von Bertonis Finanzen wird zeigen, ob Geldeingänge aus den erfolgreichen Erpressungen zu verzeichnen sind.

Bei den Befragungen der genannten Frauen ist behutsam und subtil vorzugehen – aber wem sage ich das. Außerdem möchte ich betonen, dass es uns nicht um Wühlen in Privatangelegenheiten geht – wir sind keine Moralapostel – sondern um mögliche Verbindungen zum Mord an Bertoni.

Kommissarin Tina Fritz sollte sich mit Dorothe Franke unterhalten. Die Befragung von Hildegard Elfers wird Kommissarin Evi Hauser übernehmen und Oberkommissar Ali Durmaz wird sich mit der Sängerin Nicola Taufeld befassen.

Wir machen jetzt eine kurze Pause und legen danach die weitere Aufgabenverteilung fest. Die genannten Mitarbeiter können aber schon an die Arbeit gehen.

Wir sehen uns alle dann morgen um 9:00 Uhr zur Beratung.“

24.

Donnerstag, 6. Juni; 15:00 Uhr

Im Beratungsraum des Kommissariats K10 waren von der *Soko Garten* zunächst nur noch Lutz Waski, Melanie Forstmann und Ralph Kleinert anwesend. Nach wenigen Augenblicken kam Kriminalrat Torsten Haase dazu und sagte: „Ich habe einige Kollegen gebeten, zu uns in den Beratungsraum zu kommen. Warten wir ab, bis sie da sind und teilen dann die weitere Arbeit auf."

Es dauerte nicht lange, bis nacheinander folgende vier Beamte aus anderen Kommissariaten der RKI eintrafen:
Die Hauptkommissare Volker Matthes, Ewald Winter und Uli Schneider sowie Oberkommissar Peter Baum.
KR Torsten Haase instruierte die Neuankömmlinge: „Sie werden unter der Leitung von HK Lutz Waski bis auf weiteres der *Soko Garten* angehören." Dann bat er diesen, die aktuelle Lage zu schildern und die Aufgaben zu verteilen.
Lutz begann: „In den frühen Morgenstunden des 5. Juni wurde im Garten der Familie Meinert in Eppertshausen – in meiner unmittelbaren Nachbarschaft – ein nackter Toter entdeckt. Wir kennen inzwischen seinen Namen

und wissen, dass er als Gigolo tätig war und sich auch als Erpresser betätigt hat.

Bertoni wurde in seiner Wohnung ermordet, der Tathergang scheint klar. Wir vermuten eine Frau als Täterin. Von ihr fehlt jede Spur und hinsichtlich des Tatmotivs tappen wir auch noch im Dunkeln.

Die Erpressungsgeschichten könnten eine Rolle spielen.

Ich verweise an dieser Stelle auf die inzwischen angefertigten Protokollnotizen.

Wichtige Erkenntnisse erbrachte der Inhalt eines Bankschließfaches des Toten und hier insbesondere eine Festplatte, auf der Bertoni akribisch und wohlgeordnet wichtige Daten gespeichert hat.

Diese werden umgehend von der KTU auch auf die Laptops der neu zur *Soko* gekommenen Kollegen überspielt.

Es gilt alle Dateien zu sichten, um Hinweise auf ein Mordmotiv und den Täter, wahrscheinlich ist es aber eine Täterin zu finden.

Im Ordner *Personen* sind von Bertoni sechzehn – ich sage einmal – *Kundinnen* aufgelistet, drei sind uns bekannt. Bei vier weiteren deutet alles auf Erpressungsversuche hin. Unsere Kollegen sind unterwegs, um sie zu kontaktiere. Um die verbleibenden neun wird sich Kommissar Kleinert kümmern. In der

Liste sind Angaben zu Namen, Alter und Anschriften zu finden. Ralf sollte aber etwas mehr zu den Lebensumständen der jeweiligen Personen in Erfahrung bringen, wobei ich eine Befragung der Damen vorerst nicht für nötig halte.

Für wichtig halte ich aber einen gründlichen Blick in den Ordner *Finanzen*. Gibt es Zahlungseingänge, die aus Erpressungen stammen könnten? Hat Bertoni regelmäßig größere Summen ausgegeben?
Na, ich denke, Hauptkommissar Schneider, den ich hiermit bitte, sich dieser Sache anzunehmen, wird wissen, worauf es ankommt.

Nun zu den Ordnern *Material* und *Sondereinnahmen*. Beide haben nach meiner Meinung unmittelbar mit Erpressung zu tun.
Ich bitte die Hauptkommissare Matthes und Winter, sich diese Dateien anschauen.

Bleiben die Ordner *Sonstiges*, *Schriftverkehr* und *Wohnung*. Es wäre gut, wenn sich Oberkommissar Baum damit befassen würde."

HK Waski sah in die Runde: „Gibt es Einwände oder Fragen?"
Dies war nicht der Fall und auch Kriminalrat Haase bekundete durch Nicken seine Zustimmung.
Damit beendete man die Beratung und verabredete sich für Freitag 9:00 Uhr.

25.

Donnerstag, 6. Juni; 16:30 Uhr

Miriam Fendt hatte sich telefonisch verabredet mit Monika Reinhard, der Freundin von Carola Meinert, durch die diese auf Enrico Bertoni aufmerksam gemacht wurde.

Frau Reinhard war, wie ihre Freundin auch, als Übersetzerin, Dolmetscherin und Lektorin tätig. Unweit des Verlages, bei dem sie arbeitete, saß sie nun in einem Coffee-Shop mit der Kriminalistin an einem kleinen Tisch bei einer Tasse Kaffee.

Miriam Fendt begann das Gespräch: „Frau Reinhard, Sie wissen sicher von Ihrer Freundin, was mit Enrico Bertoni passiert ist.

Wir versuchen, die Tat so schnell wie möglich aufzuklären und dabei sind alle Informationen über das Opfer wichtig, auch scheinbare Kleinigkeiten. Also, was können Sie mir zu Enrico Bertoni sagen?"

Monika Reinhard überlegte eine kleine Weile und begann dann zu reden: „Ich bin im September des vergangenen Jahres auf die Webseite von Enrico gestoßen. Im gleichen Monat war ich das erste Mal bei ihm. Was ich da erlebt habe, war überwältigend. Ich bin mit meinen 47 Jahren und zwei gescheiterten Ehen in sexuellen Dingen ganz gewiss nicht unerfahren. Aber was mir Enrico geboten hat, war einzigartig. So etwas hatte ich noch nie erlebt. Ich war einfach glücklich und zufrieden."

Miriam unterbrach: „Das kann ich mir vorstellen. Ich war bei der gerichtsmedizinischen Untersuchung von Bertonis Leiche dabei und habe über seine ausgeprägte Männlichkeit gestaunt. Auch der Pathologe hat gemeint, dass er einen menschlichen Penis dieses Ausmaßes noch nicht gesehen hat."

„Ja," übernahm Frau Reinhard wieder das Wort: „Aber Enrico konnte auch zärtlich sein, wie eine Mutter zu ihrem Baby, und dann auch wieder wild wie ein Stier.
Ich wurde schließlich Stammkundin bei Enrico und habe keinen meiner Besuche bereut – im Gegenteil – ich wurde jedes Mal nach allen Regeln der Kunst verwöhnt und Enrico hat sich immer etwas Neues einfallen lassen.
Die vierhundert Euro, die er bei jedem meiner Besuche wollte, habe ich gern bezahlt. Ich hätte sicher auch noch mehr für Enrico getan und mir ist schon klar, dass ich ihm sexuell hörig war."
Monika Reinhard griff zu ihrer Tasse und trank einen Schluck.

Miriam nutzte die Pause und fragte: „Ihre Freundin hat Ihnen sicher auch von dem Erpressungsversuch bei ihrem Sohn Tim erzählt. Was sagen Sie dazu? Hat Enrico bei Ihnen Ähnliches versucht?"

Die Antwort kam prompt: „Ich kann mir überhaupt nicht denken, dass Enrico ein Erpresser gewesen sein soll. Ich kenne ihn nur als einen tadellosen, völlig integren Menschen, der zu kriminellen Handlungen absolut nicht fähig ist. Wir haben im Laufe der Zeit natürlich auch über finanzielle Dinge gesprochen. Dabei habe ich den Eindruck gewonnen, dass Enrico ziemlich wohlhabend und sicher nicht auf Geldeinnahmen durch Erpressung angewiesen war.

Zu Ihrer zweiten Frage: Enrico hat mich niemals um Geld, außer dem vereinbarten *Honorar,* gebeten und eine Erpressung nicht einmal andeutungsweise versucht.
Außerdem gibt es nichts, womit man mich hätte erpressen können. Ich lebe völlig unabhängig, es gibt niemandem auf den ich Rücksicht nehmen muss oder dem ich Rechenschaft schuldig wäre. Mein Privatleben ist meine Sache und in der Öffentlichkeit ist Prüderie und doppelte Moral zum Glück auch nicht mehr sehr verbreitet.
Zum Schluss: Wenn es keine eindeutigen Beweise dafür gibt, dass Enrico ein Erpresser war, glaube ich an seine Unschuld. Er war ein Mann, in dem ich mich verliebt hatte und bestimmt kein Krimineller."

Miriam Fendt bedankte sich und meinte: „Wenn unser Gespräch auch keine Hinweise auf Motiv oder Täter ergab, hat es doch dazu beigetragen, das Bild von Enrico Bertoni abzurunden, also nochmals, vielen Dank."

Die beiden Frauen tranken ihren Kaffee aus, bezahlten und verabschiedeten sich.

26.

Donnerstag, 6. Juni; 16:45 Uhr

Kriminalkommissarin Gisela Bernd war auf dem Weg zu Viola Kaufmann. Sie hatte sich telefonisch angekündigt und fand die im Paulusviertel liegende Weinstraße dank ihres Navis problemlos. Bevor sie vor der Nummer 14, einem hübschen Einfamilienhaus mit einem gepflegten Vorgarten, ausstieg, schaute sie noch einmal kurz auf ihr Smartphone. Dorthin hatte sie alle Frau Kaufmann betreffenden Daten gespeichert.

Die Kommissarin klingelte. An der Haustür erschien eine mit einem beigefarbenen Hosenanzug und einer hellgelben Bluse sehr gut gekleidete jung aussehende Frau. Sie war schlank, etwa 1,70 m groß und dezent geschminkt. Ihr kurzgeschnittenes schwarzes Haar rundete das Bild einer attraktiven, etwas herben Persönlichkeit ab.

Gisela Bernd stellte sich vor und sagte: „Frau Kaufmann, wir haben telefoniert und wie ich dabei schon sagte, muss ich Ihnen ein paar Fragen zu Enrico Bertoni stellen."

Die beiden Frauen gingen ins Haus und nahmen in einem stilvoll eingerichteten Wohnzimmer an einem kleinen Couchtisch Platz.

Die Hausfrau und sagte dann:
„Ich kann mir überhaupt nicht denken, was Sie von mir wollen. Enrico Bertoni kenne ich nur flüchtig.“

KK Bernd wurde ärgerlich und antwortete: „Frau Kaufmann, verkaufen Sie mich bitte nicht für dumm. Wir wissen, dass Sie Bertoni erstmals am 26. Februar 2023 und das letzte Mal am 18. April dieses Jahres besucht haben. Dazwischen haben Sie seine *Dienste* weitere zehnmal in Anspruch genommen. Von allen diesen Treffen hat Bertoni Videoaufnahmen gemacht, die uns vorliegen.
Frau Kaufmann, nichts liegt uns ferner, als in Ihrem Privatleben herumzuschnüffeln – aber Bertoni wurde ermordet und wir suchen das Motiv und die Täter.“

Viola Kaufmann zeigte sich schockiert und stammelte: „Enrico ist tot? Das wusste ich nicht. Wie ist denn das passiert?“

„Dazu darf ich Ihnen leider nichts sagen“, antwortete Gisela Bernd. „Aber bitte erzählen Sie mir mehr von sich und Ihrem Verhältnis zu Bertoni.“

Frau Kaufmann sammelte sich und begann dann mit ihrem Bericht: „Ich bin Direktorin des hiesigen Albert-Einstein-Gymnasiums und als Studiendirektorin in meinem Beruf erfolgreich – denke ich zumindest. Die Arbeit mit

Kindern und Jugendlichen sowie mit meinen Kollegen bereitet mir Freude, wenn auch manchmal die Bürokratie zu sehr von der eigentlichen pädagogischen Arbeit ablenkt.
Im Privatem habe ich mich schon seit der Pubertät zu Mädchen hingezogen gefühlt. Seit über zehn Jahren lebe ich hier mit meiner Partnerin Ilona Stocic glücklich zusammen. Unsere Beziehung ist allgemein bekannt und wird – von wenigen Ausnahmen abgesehen – generell toleriert.
Ich liebe Ilona von Herzen, aber irgendwie fühlte ich manchmal auch eine gewisse Leere in mir. Da bin ich Anfang 2023 auf die Webseite von Enrico gestoßen und habe sein Angebot ausprobiert. Was ich mit ihm erlebt habe, war überraschend und faszinierend.
Ich bin also bisexuell veranlagt. Daraufhin habe ich mich in der Literatur schlau gemacht und bei WIKIPEDIA gefunden, dass laut einer Studie des britischen Meinungsforschungsinstituts YOUGOV aus dem Jahre 2015 der Anteil bisexuell veranlagter Menschen bei 19% liegt.
Nicht alle leben ihre Neigungen aus, ich habe dies aber von Zeit zu Zeit getan. Dabei durfte aber Ilona nichts davon erfahren.

Jetzt muss ich aber erst einmal einen Schluck trinken. Ich hole mir ein Wasser, für Sie auch?"

Gisela Bernd nickte und nach kurzer Zeit kam Frau Kaufmann mit zwei Gläsern und einer Flasche zurück. Sie schenkte ein und setzte ihre Rede fort: „Eine böse Überraschung hat mir am 26. April eine WhatsApp beschert."
Sie öffnete ihr Smartphon und zeigte der Kommissarin folgenden Text:

> Hallo Frau Kaufmann,
> sehen Sie sich das Video im Anhang an.
> Wenn Sie nicht wollen, dass dieses Ihrer Lebenspartnerin und Ihren Arbeitskollegen zugesandt wird und mit Namen und Adresse in den sozialen Medien erscheint, legen Sie zehntausend Euro bereit.
> Wenn Sie das Geld übergeben, werden alle kompromittierenden Dateien gelöscht. Sie erfahren, wann und wo Sie das Geld übergeben können. Sollten Sie sich weigern zu zahlen oder die Polizei einschalten, können Sie das Ganze gleich im Internet sehen.

Frau Kaufmann sagte: „Ich war wie vor den Kopf geschlagen und empört, erst recht, als ich mir das Video angesehen habe. Es zeigte mich beim Sex mit Enrico. Wollen sie es sehen?"

KK Bernd erwiderte: „Das ist nicht nötig. Wir haben es im Datenspeicher von Bertoni gefunden und ich habe es auch hier auf meinem Smartphon. Aber Sie können sicher sein, wir

behandeln alle diese Informationen mit äußerster Diskretion.
Aber wie ging es mit der Erpressung weiter?"

Die Antwort war knapp: Ich hatte mich entschlossen, zu zahlen und am nächsten Tag kam folgende Nachricht:"

> Fahren Sie am 28.4. zu ALDI in die Bad Nauheimer Straße 19 und stellen Sie genau um 10:15 Uhr Ihr Auto auf dem Kundenparkplatz ab. Verpacken Sie das Geld in eine ALDI-Tüte und legen diese auf den Fahrersitz. Lassen Sie das Auto offen und kaufen etwas im Geschäft.

Viola Kaufmann berichtete weiter: „Ich habe mich an die Anweisung gehalten und war ganz kurz im Laden. Als ich zurückkam, lag die ALDI-Tüte noch auf dem Sitz. Es war aber nicht die gleiche, sondern eine andere.
In dieser steckte nur ein Zettel mit dem Wort: *DANKE!* Das Geld war tatsächlich weg.

Das Ganze hat mich natürlich sehr beschäftigt und ich habe mir überlegt, wie ich sicher sein kann, dass der Erpresser nicht mit neuen Forderungen kommt. Schließlich habe ich dann am folgenden Tag, es war der Karfreitag, Enrico angerufen. Als er abnahm, habe ich ihn sofort beschimpft und gefragt, wieso er das Vertrauen, das ich zu ihm gehabt hätte, so niederträchtig für eine Erpressung missbrauchen konnte.

Er hat ziemlich herumgedruckst und erklärt, er habe mit der Erpressung nichts zu tun. Einige Dateien mit Videos, die er nur für sich von den Treffen mit seinen Besucherinnen aufgenommen habe, wären ihm gestohlen worden.

Ich habe ihm kein Wort geglaubt und aufgelegt.

Dass er nun tot ist, hat mich überrascht, aber so richtige Trauer kann ich nicht empfinden."

Kommissarin Bernd bedankte sich und sagte: „Frau Kaufmann, ich kann mir denken, dass Ihnen auch im Hinblick auf weitere Erpressungsversuche der Tod von Bertoni gelegen kommt. Haben Sie etwas damit zu tun?"

Die so Angesprochene verneinte vehement.

Die Polizistin wollte dann noch mit Ilona Stocic sprechen und erfuhr, dass diese zu ihrer Mutter ins Pflegheim gefahren sei.

Gisela Bernd wollte schon eine Vorladung für Frau Stocic schreiben, als die Haustür aufging und die Gesuchte ins Zimmer kam.

Sie begrüßte ihre Partnerin herzlich mit einem Kuss und sah fragend zu der Kommissarin.

„Das ist Frau Bernd von der Kriminalpolizei", sagte Frau Kaufmann: „Sie möchte dich auch sprechen."

„Am besten aber unter vier Augen", entschied
KK Bernd.
Die beiden Frauen gingen in Ilonas Zimmer
und diese wollte wissen, was los sei,
Die Kommissarin begann aber mit einer Frage:
„Frau Stocic, sagt Ihnen der Name Enrico Bertoni etwas?"
Nach deutlichem Zögern kam die Antwort;
„Nein, nie gehört. Wer soll das sein?"

Gisela Bernd erklärte: „Das war ein Freund
Ihrer Lebensgefährtin und er wurde ermordet.
Deshalb befragen wir alle, die ihn gekannt
haben. Da Sie offenbar nicht dazu gehören –
oder doch? – verabschiede ich mich."

Ilona Stocic schüttelte nochmals den Kopf und
die Kommissarin ging ins Wohnzimmer, um
sich auch von Viola Kaufmann zu verabschieden. Dabei sagte sie. „Keine Angst, ich habe
Frau Stocic nichts von Ihrer speziellen Beziehung zu Bertoni gesagt. Das ist Ihre Privatsachte und die müssen Sie schon selbst klären.
Wenn Ihnen oder Ihrer Partnerin noch etwas
einfällt, was uns helfen könnte, den Mordfall
Bertoni zu klären, so rufen Sie bitte an.
Hier ist meine Karte."
Dabei übergab sie eine Visitenkarte der RKI
mit ihrem Namen, sagte auf Wiedersehen und
ging zur Tür.

27.

Donnerstag, 6. Juni; 17:45 Uhr

Im Büro des 1. Hauptkommissar Norbert Prasse Leiters, dem Abteilung *Raubstraftaten*, waren seine Mitarbeiter Kerstin Dehmel und Kurt Kunze anwesend.

Hauptkommissar Lutz Waski, Leiter der Abteilung *Gewaltverbrechen,* war dazu gekommen.

HK Prasse begrüßte seine Kollegen und sagte: „Wir können einen ersten Erfolg verbuchen, Eduard Schmoller (*Ede der Schränker*) und Karlheinz Eckland (*Kalle*) sitzen hinter Schloss und Riegel. Beide wurden vor zwei Stunden am Frankfurter Flughafen festgenommen. Kerstin und Kurt waren dabei. Wer von euch will berichten?"

Die beiden sahen sich an, HK Kunze nickte seiner Kollegin zu und diese begann: „Ihr wisst, dass die Fahndung nach *Ede* und *Kalle* angelaufen war. Von ihren Kumpeln wussten wir, dass die beiden nach Mallorca wollten. Wegen des Streiks startet heute der erste Flieger dorthin aber erst 18:10 Uhr. Den beiden war es gelungen, für diesen eine Buchung zu ergattern, mit gefälschten Personalausweisen und wahrscheinlich mit einer Schmiergeldzahlung. Als sie dann gegen 15:00 Uhr zum Check-in erschienen und die

Passkontrolle passieren wollten, wurde die Fälschung erkannt. Ihre Festnahme war nur noch Formsache. Sie haben keinen Widerstand geleistet. Jetzt sitzen sie unten im Polizeigewahrsam. Beide wurden über ihre Rechte aufgeklärt, haben aber auf anwaltlichen Beistand verzichtet.
Ede und *Kalle* hatten nur Handgepäck bei sich. In diesem und an ihren Körpern waren insgesamt rund 35.000 Euro versteckt."

Norbert Prasse legte dann fest. „Wir verhören unsere beiden Kunden einzeln und nacheinander und beginnen mit Herrn Eckland.
Dieses Verhör führen Kurt und Kerstin und obwohl *Kalle* mit Polizeiverhören hinreichend viele Erfahrungen hat, solltet ihr es auch mit der Methode *Böser Bulle – guter Bulle* versuchen. Ich empfehle, mit dem Einbruch bei Carmen Seifert zu beginnen. Lutz und ich sehen uns das Ganze von draußen an."

Karlheinz Eckland wurde in den Verhörraum 1 geführt und gebeten am Tisch Platz zu nehmen. Vor ihm stand ein Mikrophon, an der Wand gegenüber blinkte eine Kamera. Der Polizist, der ihn hereingeführt und die Handschellen abgenommen hatte, saß auf einem Stuhl in der Ecke.

Hauptkommissar Kurt Kunze betrat den Raum, setzte sich dem Verdächtigen gegenüber und begann:

„Herr Eckland, Sie kennen mich von früheren Verhören und ich muss sagen, ich bin sehr enttäuscht, Sie schon wieder hier vor mir zu sehen. Die Bewährung für Ihre letzte Haftstrafe läuft noch und Sie drehen schon wieder ein krummes Ding. Diesmal geht es um Mord und das kann für Sie richtig teuer werden. Ihre Rechte kennen Sie, wollen Sie nicht doch lieber einen Anwalt?"

Kalle antwortete: „Mit Mord habe ich nichts zu tun und einen Anwalt brauche ich nicht."

„Na gut," sagte der Kommissar. „Beginnen wir.
Kennen Sie Carmen Seifert und wissen Sie, wo diese Frau gewohnt hat?"
Die Antwort lautete: „Ich habe Frau Seifert gesehen, weiß also, wie sie aussieht, aber kennen tue ich sie nicht. Ihre Wohnung ist hier in Darmstadt in der Rosenstraße 14.
Bevor Sie weiter fragen: Ja, *Ede* und ich sind gestern dort eingebrochen."

„Warum?" wollte der Kommissar wissen.

„Ede hat gesagt, er hätte einen Auftraggeber. Wenn wir bis 16:00 Uhr Frau Seiferts Laptop und Handy übergeben, würden wir fürstlich entlohnt. Das Handy hatte Ede schon und so

sind wir in die Wohnung und haben zwei Laptops und etwas Bargeld mitgenommen, Wir waren nur kurz in der Wohnung und sind, nachdem wir die Laptops hatten, schnell verduftet. Wir haben uns dann gleich getrennt und. gegen 17:00 Uhr in unserer Stammkneipe wieder getroffen. Da hatte *Ede* viel Geld bei sich. Er hat mir heimlich einen Packen Hunderter gezeigt und gemeint, er habe die versprochenen 40.000 Euro erhalten.
Damit wollten wir heute nach Mallorca verschwinden. Wir hätten nicht gedacht, dass Sie uns so schnell aufspüren."

„Da hättet ihr sorgfältiger arbeiten müssen", entgegnete der Kommissar. „Im Badezimmer habt ihr Fingerabdrücke hinterlassen und da ihr als *gute Kunden* in unserer Kartei seid, war der Rest Routine.
Aber Herr Eckland – Frau Seifert wurde ermordet und Sie wollen mir doch nicht allen Ernstes weiß machen, dass Sie geglaubt haben, für ein Handy und zwei Laptops gäbe es 32.000 Euro. Also, ich denke, das Geld gab es für den Mord und Sie sind der Täter oder Mittäter. Warum haben Sie nichts von Babenhausen gesagt? Sie hatten dazu reichlich Gelegenheit. Das sieht jetzt sehr übel für Sie aus."

Kurt Kunze verließ den Raum und nach wenigen Augenblicken kam Hauptkommissarin

Kerstin Dehmel herein. Sie brachte eine Flasche Wasser und ein Glas mit, stellte beide vor Karlheinz Eckland auf den Tisch und sagte: *„Kalle*, ich benutzte jetzt einmal Ihren Spitznamen, weil wir uns schon lange kennen, trinken Sie erst einmal einen Schluck. Dann erzählen Sie mir die ganze Geschichte. Im Gegensatz zu meinem Kollegen bin ich bereit, Ihnen zu glauben, aber da müssen Sie die volle Wahrheit sagen und nichts weglassen. Beginnen Sie am besten von vorn, wir haben Zeit."

Karlheinz Eckland überlegte eine Weile, begann dann aber ohne Unterbrechung zu reden.

Hauptkommissarin Dehmel erfuhr:
Ede und Kalle wohnen in einer WG in der Kirchtannensiedlung Darmstadt-Eberstadt.
Jeder hat dort sein eigenes Zimmer. Am vergangenen Mittwoch wurde Ede mitten in der Nacht, kurz nach 3:00 Uhr, angerufen. Der Anrufer war Petro, ein Geschäftsmann, für den Ede und Kalle schon einige Aufträge erledigt hatten, die stets gut bezahlt worden waren. Ede wurde aufgefordert mit seinem Kumpel um 7:00 Uhr an die Aral-Tankstelle in der Rüdesheimer Straße zu kommen. Er hätte einen lukrativen Auftrag. Sie fuhren mit einem älteren Opel-Corsa los und waren pünktlich an der Tankstelle.

Eckland redete dann weiter: „Wir waren pünktlich an der Tankstelle. Ede ging allein in den Verkaufsraum und kam nach kurzer Zeit zurück und sagte: *Es geht um eine Frau Carmen Seifert – ich habe ein Bild von ihr auf dem Handy. Sie ist im Besitz von Informationen, die geheim bleiben müssen. Sie wohnt in der Rosenstraße 14 und ist für 9:00 Uhr in Babenhausen mit einem gewissen Heiko Friedrich verabredet. Der darf die geheimen Informationen auf keinen Fall erhalten. Wir haben den Auftrag, Frau Seifert zum Schweigen zu bringen und ihr Smartphon und ihren Laptop an Petro zu übergeben. Wenn beides gelingt, erhalten wir 40.000 Euro. Eine Anzahlung von 7.000 Euro habe ich schon.*

Wir sind sofort zur Rosenstraße gefahren, aber zunächst nicht an die Zielperson herangekommen. Diese ist dann kurz nach 8:00 Uhr mit ihrem Auto nach Babenhausen gefahren – wir hinterher.

In der Brentano-Straße 8 hat Frau Seifert das Grundstück betreten, die Haustür aufgeschlossen und ist in der Erdgeschosswohnung verschwunden – wir hinterher.

Wir hatten uns maskiert und haben geklopft. Frau Seifert hatte ihr Smartphon in der Hand, ich habe es wegnehmen wollen, sie hat es ins Zimmer geworfen und ist nach draußen gerannt – Ede hinterher.

Er hat sie eingeholt und erschlagen, einen Baseballschläger hatten wir dabei. Ich habe das Zimmer durchsucht, das Handy gefunden und dann sind wir Hals über Kopf davon.

Da wir Fraus Seifert's Laptop noch nicht hatten, sind wir kurz nach Mittag in ihre Wohnung eingebrochen. Aber das habe ich schon Ihren Kollegen erzählt.
Ich möchte noch sagen, dass mir der Tod von Frau Seifert sehr leid tut – aber ich habe sie nicht erschlagen."

Hauptkommissarin Dehmel hatte aufmerksam zugehört und erklärte: „Herr Eckland, ich danke Ihnen für die ausführliche Schilderung. Wenn es sich so zugetragen hat, wie Sie es beschrieben haben, werden Sie wahrscheinlich wegen Beihilfe zu einem Mord angeklagt. Das ist zwar schlimm, aber nicht so schlimm, wie eine direkte Mordanklage. Wir werden ein Protokoll anfertigen und Ihnen zur Unterschrift vorlegen. In Bezug auf diesen Pietro müssen wir uns nochmals unterhalten.
Jetzt lasse ich Sie erst einmal in Ihre Zelle bringen. Der Haftrichter wird sicher Untersuchungshaft anordnen, aber damit haben Sie gewiss gerechnet."

Damit verabschiedete sich die Kommissarin und verließ den Raum.

28.

Donnerstag, 6. Juni; 18:45 Uhr

Im Büro des Leiters der Abteilung *Raubstraftaten* saßen die vier Kriminalisten Norbert Prasse, Kerstin Dehmel, Kurt Kunze und Lutz Waski zusammen. Sie waren mit dem Ergebnis des Verhörs von Karlheinz Eckland zufrieden. Hauptkommissar Prasse stellte fest: „Der Mord an Carmen Seifert dürfte im Wesentlichen geklärt sein. Wir werden jetzt noch Eduard Schmoller verhören. Er wird vielleicht den Mord seinem Kumpel Kalle in die Schuhe schieben wollen, aber mit Hilfe der Faserspuren am Baseballschläger können wir ihn als Täter festnageln.

Ein Problem besteht noch darin, den/die Auftraggeber zu ermitteln. Ich denke, es wird entweder Pietro Gredini oder Alexandro Vianetto sein, wegen des Vornamens tippe ich auf ersteren. Durch Erika Dommel und Silvi Arndt verfügen wir wenigstens über Phantombilder der beiden.

HK Kunze kann jetzt mit dem Verhör von Schmoller beginnen. Der kann sicher etwas zu den Phantombildern sagen, zumal es ihn entlasten würde, wenn wir seinen Auftraggeber haben. Wir anderen schauen wieder von draußen zu.“

In dem Moment klingelte das Telefon. Am Apparat war Frau Schreiber, die Chefsekretärin des Kommissariats K10 und sagte, dass Kommissar Waski doch bitte gleich zum Kriminalrat kommen möge.

Lutz wunderte sich, meinte aber, dass man auch ohne ihn weiterkommen würde, und verließ den Raum.

Als er das Vorzimmer von KR Torsten Haase betrat, saß Frau Schreiber noch immer an ihrem PC. „Hallo Frau Schreiber", wurde sie von Lutz begrüßt. „Sie machen aber auch spät Feierabend."

„Der Chef will noch etwas geschrieben haben," lautete die Antwort. „Aber ich bin gleich fertig, Sie können schon reingehen."

Kommissar Waski klopfte kurz an und betrat das Zimmer seines Chefs.

Dieser begrüße ihn und die beiden setzten sich an den kleinen Tisch in der Ecke.

Torsten Haase begann: „Lutz, ich habe Sie rufen lassen, weil es neue, hoffentlich erfreuliche Entwicklungen gibt. Die KTU hat den Halter des ausgebrannten PKW Hyundai i30 ermitteln können. Er ist auf einen Herrn Sandor Livac zugelassen. Dieser wohnt in Reinheim, Lärchenstraße 6.

Melanie Forstmann und HK Heinz Wohlfeld von der KTU sind auf dem Weg dorthin.

Aber, was mir noch wichtiger ist: Der Name Sandor Livac sagt mir etwas. Wenn ich mich nicht irre, taucht er in einem ungelösten Fall auf, der uns noch vor Ihrer Zeit in Atem gehalten hat. Ihr Vorgänger, Kriminalrat i R Schwarz, hat damals den Fall bearbeitet.
Ich habe ihn schon angerufen, er wird in Kürze hier sein. Berichten Sie doch inzwischen über das Verhör von Karlheinz Eckland."

Lutz Waski kam der Bitte nach und schon bald kamen kam Karlheinz Schwarz dazu. Die Begrüßung fiel herzlich aus. Lutz Waski hatte seinen Vorgänger von Beginn seiner Tätigkeit bei der RKI als väterlichen Freund kennen und schätzen gelernt. Die beiden haben in den vergangenen Jahren auch privat guten Kontakt gehalten.
Torsten Haase umarmte seinen Freund und freute sich: „Gut, dass du so schnell kommen konntest."
„Als Ruheständler war das nicht schwer, aber was gibt es denn", wollte dieser wissen.
KR Haase sagte, dass man im Fall Bertoni auf den Namen Sandor Livac gestoßen war und redete dann weiter: „Ich erinnere mich, dass dieser Name bei einem der früheren Fälle eine Rolle gespielt hat, aber mehr fällt mir im Moment nicht ein."
„Das war der Fall Traumer", half ihm sein emeritierter Kollege auf die Sprünge.

„Das war vor acht Jahren.

Fabio Traumer hatte seine Frau Alena als vermisst gemeldet und trotz intensiver Suche ist diese bis heute verschwunden. Wir haben damals in alle Richtungen ermittelt und ein Verbrechen nicht ausgeschlossen. Die Eltern von Alena haben ihren Schwiegersohn beschuldigt, seine Frau umgebracht zu haben.

TRAUMER-GMBH sagt euch vielleicht etwas. Der Firma gehören mehrere Autohäuser in Darmstadt und Umgebung. Theo Traumer, Alenas Vater, hatte die Firma aufgebaut und hält noch 20% der Firmenanteile. Die restlichen 80% gehören Alena. Fabio, der bei der Hochzeit den Namen seiner Frau angenommen hatte, ist angestellter Geschäftsführer. Er würde am meisten vom Tod seiner Frau profitieren. Aber wir konnten ihm nichts nachweisen. In dem Zusammenhang fiel auch der Name Sandor Livac, der ein Hitman (also ein Berufskiller) sein soll. Livac und eine Frau, die mit ihm zusammengearbeitet haben soll – den Namen müssen wir in der Akte nachsehen – wurden befragt, aber es gab keinerlei Anhaltspunkte, dass sie mit der Sache etwas zu tun hätten. Sie wurden daher auch nicht erkennungsdienstlich behandelt.

Wir müssen uns die Akte Traumer kommen lassen, sie muss bei den *Cold Cases* (kalte Fälle) liegen.“

Kriminalrat Haase hatte schon zum Hörer gegriffen und das Archiv angerufen. Er bat, die Akte Traumer herauszusuchen.
Die Antwort, die er nach wenigen Minuten erhielt, verblüffte ihn. Er sagte zu seinen Kollegen: „Ich erfahre eben, dass die Akte Traumer am 31.5. von der Staatsanwaltschaft angefordert und von Frau Dr. Sommerfeld persönlich abgeholt wurde."

Während die drei Kriminalisten noch mutmaßten, was es damit auf sich haben könnte, meldete sich Hauptkommissarin Forstmann. Torsten Hasse sagte ihr, dass er das Gespräch auf laut stellen würde, und alle drei hörten: „Wir sind in der Wohnung von Sandor Livac, in der auch eine Frau Ariane Bilgram gemeldet ist. Die Wohnung liegt in der ersten Etage eines Zweifamilienhauses. Unten wohnt ein älteres Ehepaar, das sich nur positiv über Frau Bilgram und Herrn Livac geäußert hat. Die beiden haben die Wohnungsschlüssel dagelassen, weil sie eine Kreuzfahrt antreten wollen. Mit reichlich Gepäck sind sie heute Vormittag in ein Taxi gestiegen, das sie zum Zug nach Hamburg bringen sollte. Das Schiff soll heute Abend von Hamburg ablegen und auf der Route Madeira – Lanzarote – Kapverden in die Karibik fahren
Wir haben uns in der Wohnung kurz umgesehen, Sie war gut aufgeräumt, aber Heinz

Wohlfeld hat Fingerabdrücke gefunden, die mit den vorhandenen, vor allem mit denen, die am grünen Transporter gesichert wurden, abzugleichen sind. DNA-Material bringen wir mit, die Auswertung wird sofort beginnen.
Nach meiner Einschätzung sind Bilgram und Livac dringend verdächtig, Enrico Bertoni getötet zu haben. Es gilt also, diese in Hamburg festzunehmen, bevor das Schiff ausläuft.
Übrigens wundert es mich, wie sicher sich die beiden fühlen. Sie reisen unter ihren richtigen Namen."
Damit beendete HK Forstmann das Gespräch.

Kriminalrat Haase setzte sich umgehend mit den Kollegen in Hamburg in Verbindung.
Er schilderte den Fall und sicherte zu, die notwendigen Unterlagen sofort per Fax auf den Weg zu bringen. Dann sagte er: „Es bleibt zu hoffen, dass unsere Hamburger Kollegen schnell genug reagieren. Aber selbst, wenn unsere Tatverdächtigen Hamburg per Schiff verlassen, bis dieses aus dem EU-Gebiet heraus ist, vergehen noch ein paar Tage.
Wir können jetzt nur abwarten. Ich schlage vor, wir machen für heute Schluss und treffen uns alle morgen früh um acht."

Karlheinz Schwarz und Torsten Haase gingen noch ein Bier trinken und Lutz Waski fuhr nach Hause.

29.

Freitag, 7. Juni; 7:45 Uhr

Der Leiter des Kommissariats K10, Kriminalrat Torsten Haase, hatte soeben an seinem Schreibtisch Platz genommen, als es klopfte. Auf sein *Herein*, kam Hauptkommissar Lutz Waski ins Zimmer und grüßte mit den Worten: „Guten Morgen, Chef, ich denke, heute wird ein ganz entscheidender Tag für unsere Ermittlungen. Ich hoffe, man hat unsere mutmaßlichen Täter in Hamburg festnehmen können?"

„Das ist der Fall," lautete die Antwort. „Sie sitzen unten in ihren Zellen und warten auf die Verhöre. Aber wir beide sollten jetzt schnellstens in den großen Beratungsraum gehen, wo unsere Mitarbeiter schon begierig auf die neuesten Informationen warten.

So war es.

An dem langen Tisch saßen in bunter Reihe die Mitglieder der *Soko Garten*, also Peter Baum, Gisela Bernd, Ali Durmaz, Miriam Fendt, Melanie Forstmann, Tina Fritz, Evi Hauser, Ralf Kleinert, Volker Matthes, Uli Schneider und Ewald Winter, sowie die an der Klärung des Mordfalles SEIFERT beteiligten Kollegen. Dies waren Kerstin Dehmel, Kurt Kunze, Horst Paulsen und Norbert Prasse.

Von der KTU waren Daniel Goebel und Heinz Wohlfeld dabei.

Torsten Haase und Lutz Waski betraten den Raum und nahmen an der Stirnseite des Tisches Platz. Die Gespräche verstummten schlagartig und alle schauten gespannt nach vorn.

Kriminalrat Torsten Hase begann: „Liebe Kolleginnen und Kollegen, ich danke euch allen für die engagierte Arbeit in den vergangenen Tagen. Sie war erfolgreich.
Im Fall SEIFERT kennen wir das Motiv und haben die Täter. Zu den Hintermännern muss allerdings noch weiter ermittelt werde. Das ist aber nun Sache des LKA. Norbert wird uns gleich einen zusammenfassenden Bericht geben.

Im Fall Bertoni glauben wir, die Täter hinter Schloss und Riegel zu haben. Die nächsten Stunden werden zeigen, ob die Tatverdächtigen gestehen und wir Klarheit zu den Hintermännern und Motiven bekommen.

Sobald Hauptkommissar Prasse seinen Bericht beendet hat, wird Lutz Waski die Leitung der Beratung übernehmen. Er wird die neuesten Ergebnisse der *Soko Garten* vortragen.

Jetzt aber haben Sie, Norbert, das Wort.“

Hauptkommissar Prasse begann: „Das Motiv
für den Mord an Carmen Seifert liegt – ich
mache es mal kurz – im Bereich der Industriespionage. Die Getötete war im Besitz von
Informationen, die einigen Herren der DIC-
Handelsgesellschaft (DIC steht für Deutsch –
Italienisch – Chinesisch) hätten gefährlich
werden können. Außerdem wäre wahrschein-
lich ein Deal einer Firmenübernahme geplatzt,
Es wurden daher zwei Ganoven beauftragt,
Carmen Seifert zum Schweigen zu bringen.
Dafür und für die Übergabe ihres Smartphons
und Laptops wurden 40.000 Euro gezahlt.
Dank der guten Arbeit unserer KTU konnten
die Täter schnell ermittelt und festgenommen
werden. Es sind Eduard Schmoller, genannt
Ede der Schränker und Karlheinz Eckland,
Spitzname *Kalle*. Beide sind Stammkunden bei
uns und haben in ihrem Leben mehr Zeit hinter
Gittern als in Freiheit zugebracht. Sie haben
die Tat, von der es auch eine Videoaufnahme
gibt, gestanden und zunächst versucht, sich
den eigentlichen Mord gegenseitig in die
Schuhe zu schieben. Auch hier hat die KTU
den entscheidenden Beweis liefern können,
dass Ede Schmoller alleiniger Täter ist.
Aufgrund eines Phantombildes hat er als Auftraggeber Pietro Gredini identifiziert. Jedenfalls war er unter diesen Namen im Grand-
Hotel gemeldet und hat mit einer Kreditkarte

bezahlt, die auf die DIC-Handelsgesellschaft ausgestellt war.

Der Haftrichter hat für Schmoller und Eckland noch gestern Abend Untersuchungshaft angeordnet. Ich denke, Ede wird wohl den Rest seines Lebens gesiebte Luft atmen müssen und auch für Kalle dürfte eine längere Haftstrafe anstehen. Aber das entscheidet das Gericht.

Eine letzte Bemerkung: Keiner der beiden konnte mit dem Namen Bogdanow etwas anfangen. Von Boris Bogdanow fehlt bislang jede Spur. Auch seine Geliebte, Silvi Arndt, hat, seit sie sich am Mittwoch früh getrennt haben, kein Lebenszeichen von ihm erhalten.

Das alles sowie die weiteren Ermittlungen in der Sache *Industriespionage* liegen nun – wie mit Torsten abgesprochen – beim LKA.
Ich möchte meinen Mitarbeitern und vor allem den Kollegen der KTU für ihre gute Arbeit zu danken."
Kriminalrat Haase bedankte sich ebenfalls und verkündete eine zehnminütige Pause, bevor die Beratung unter Leitung von Lutz Waski fortgesetzt wird. Er bat, die zehn Minuten nicht zu überschreiten, weil für 9:00 Uhr die Befragung von Dr. Sommerfeld angesetzt ist.

30.

Freitag, 7. Juni; 8:35 Uhr

Nach der kurzen Pause hatten alle Kriminalisten wieder ihre Plätze im großen Beratungsraum des Kommissariats K10 eingenommen.

Der Leiter der *Soko Garten,* Lutz Waski, ergriff das Wort:

„Wir wollen uns zunächst den von Bertoni erpressten Frauen zuwenden. Nach meinem Kenntnisstand sind dies Carola Meinert, Dr. Beatrice Sommerfeld, die wir anschließend befragen werden, sowie Viola Kaufmann, Dorothe Franke, Hildegard Elfers und Nicola Taufeld.

Mit Frau Kaufmann hat sich Kommissarin Bernd unterhalten. Gisela, geben Sie uns doch bitte einen kurzen Bericht.“

Diese begann. „Viola Kaufmann ist 44 Jahre alt, Direktorin eines Gymnasiums und lebt seit längerem mit Ilona Stocic zusammen.

Das Erpresserschreiben mitsamt einem einschlägigen Video war direkt an sie gerichtet. Um es kurz zu machen: Frau Kaufmann hat zehntausend Euro bezahlt. Die Geldübergabe erfolgte vor einem Supermarkt.

Obwohl Frau Kaufmann sehr enttäuscht und wütend war, kann ich mir nicht vorstellen, dass sie etwas mit dem Mord an Bertoni zu tun hat. Näheres steht in meinem Bericht.“

Lutz Waski bedankte sich und bat dann um kurze Berichte zur Befragung der anderen drei Damen.

Kommissarin Tina Fritz hatte sich mit der Gymnasiallehrerin Dorothe Franke unterhalten, Kommissarin Evi Hauser hatte Hildegard Elfers, Besitzerin einer Modeboutique, befragt und Oberkommissar Ali Durmaz hatte sich mit der Sängerin Nicola Taufeld befasst.

Es zeigte sich, dass jede der drei Befragten ihre Beziehung zu Bertoni und die erfolgte Erpressung sofort zugab. Frau Hauser und Frau Taufeld hatten jeweils zehntausend Euro gezahlt, wobei die Geldübergabe wiederum auf Parkplätzen vor einem Supermarkt erfolgt war. Das Muster war das Gleiche wie bei Frau Kaufmann. Frau Elfers hatte bisher nicht gezahlt, wäre aber dazu bereit gewesen. Einhellig waren alle drei Kriminalisten der Meinung, dass in keinem der Fälle eine Verstrickung in den Mord an Bertoni wahrscheinlich war. Sie verwiesen dazu auf ihre ausführlichen Berichte.

Kommissar Waski bedankte sich und richtete das Wort dann an die Hauptkommissare Matthes und Winter: „Ewald und Volker, Sie beide haben die Ordner *Material* und *Sondereinnahmen* von Bertoni`s Festplatte ausgewertet. Waren dort noch weitere Opfer von

Erpressungen zu finden und gab es sonst noch Bemerkenswertes?"

Ewald Mattes berichtete, dass keine weiteren Personen aufgetaucht waren, aber die Erpresserschreiben mit zugehörigen Anhängen akribisch genau aufgelistet waren.

Volker Winter sagte, dass im Ordner *Material* von allen 16 Damen, die im Ordner *Besucher* aufgeführt sind, Videoaufnahmen existieren. Meistens mehrere, aber alle wohlgeordnet. Lediglich von der unter Nummer 16 geführten Ariane Bilgram existiert nur eine Aufnahme, datiert vom 3. 6. 24; 21:00 Uhr.

„Das ist interessant," schaltete sich Lutz ein. „Diese Dame sitzt unten in einer Zelle und wartet auf ihre Vernehmung. Doch dazu gleich mehr. Vorher wollen wir doch noch Kommissar Schneider hören, wie es um die Finanzen Bertoni`s steht."

Ulli Schneider holte kurz Luft und begann: „Ich kann es kurz machen, Enrico Bertoni war zwar kein Millionär aber durchaus gut situiert. Eine detaillierte Vermögensaufstellung und eine Übersicht über Einnahmen und Ausgaben liegen vor. Zwei Dinge möchte ich noch bemerken:
Die Einnahmen aus den Erpressungen sind ordnungsgemäß verbucht, ich denke, die 30.000 Euro, die die Damen Hauser, Kauf-

mann und Taufeld gezahlt haben, sind Bestandteil der Bargeldsumme, die im Bankfach war.

Zweitens: Bertoni hat seit längerem an der Börse spekuliert, mit wechselnden Resultaten. Anfang April hat er aber größere Verluste erlitten. Vielleicht war das der Auslöser für seine Erpressungen. Sonst waren keine Auffälligkeiten zu erkennen, alles andere steht in meinem Bericht."

Lutz Waski bedankte sich bei allen Beteiligten: „Es wurde gute Arbeit geleistet. Vor allem aber hat auch unsere KTU hervorragend gearbeitet. Ihr wisst, dass beim Transport von Bertoni`s Leiche ein grüner Ford-Transit und ein hellblauer Hyundai i30 eine Rolle gespielt haben. Letzterer wurde vergangene Nacht ausgebrannt aufgefunden. Den Kollegen gelang es aber, Fingerabdrücke zu sichern. Diese sind identisch mit denen, die von der Beschriftung des Lieferwagens abgenommen werden konnten.

Über die Fahrgestellnummer wurde der Halter des Autos ermittelt. Es ist ein Sandor Livac. Dieser wurde vor acht Jahren zu einem Vermisstenfall befragt, weil es einen Hinweis gab, er könnte zusammen mit Ariane Bilgram als Hitman (Auftragsmörder) gearbeitet haben.

Diese Spur ist damals aber völlig im Sand verlaufen.

In unserem Fall reichte aber die Übereinstimmung der Fingerabdrücke dem Haftrichter aus, um eine vorläufige Festnahme von Herrn Livac anzuordnen.
Hauptkommissarin Forstmann und Kollegen der KTU sind daraufhin nach Reinheim gefahren, wo Livac und Bilgram eine Wohnung gemietet haben. Beide waren aber nach Hamburg unterwegs, von wo aus sie eine Kreuzfahrt antreten wollten. Noch gestern Abend wurden sie in Hamburg festgenommen und inzwischen zu uns überstellt. Unterdessen wurden die Proben aus der Wohnung ausgewertet. Fakt ist: Das DNA-Material im Bett von Bertoni und an seiner Leiche stammt eindeutig von Ariane Bilgram – sie dürfte seine Mörderin sein!

Damit dürfte der Fall im Prinzip geklärt sein.

Einzelheiten zum Tatablauf, zu Hintergründen und Auftraggebern werden wir sicher in den nächsten Stunden erfahren."
Unter dem Beifall der Kollegen beendete Kommissar Waski seine Rede.

Kriminalrat Haase, der die ganze Zeit über aufmerksam zugehört hatte, stand auf und sagte: Ich danke allen Mitgliedern der *Soko Garten* für ihre gute Arbeit und löse hiermit die *Soko* auf.

Die noch ausstehende Befragung von Frau Dr. Sommerfeld und die Vernehmungen von Sandor Livac und Ariane Bilgram werden die Kollegen der Abteilung *Gewaltverbrechen* im Laufe des Tages durchführen.

Ich halte es für durchaus bemerkenswert, dass es uns – auch durch die gute Arbeit der KTU – in kurzer Zeit gelungen ist, zwei Mordfälle aufzuklären und die Täter dingfest zu machen.

Ich bitte Melanie und Lutz, mich in mein Arbeitszimmer zu begleiten. Wir wollen das weitere Vorgehen bei der Befragung von Frau Dr. Sommerfeld besprechen."

Damit war die Beratung beendet und unter lebhaften Gesprächen gingen die Kollegen an ihre Arbeitsplätze.

31.

Freitag, 7. Juni; 9:20 Uhr

Kriminalrat Haase war zusammen mit seinen beiden Hauptkommissaren Forstmann und Waski auf dem Weg zu seinem Dienstzimmer. Die drei hatten sich dabei verständigt, dass Lutz Waski die Befragung der Staatsanwältin Dr. Sommerfeld übernimmt, wobei er die Praktikantin Miriam Fendt hinzuziehen wird.

Torsten Hasse gedachte, sich inzwischen mit Oberstaatsanwalt Dr. Flade zu unterhalten, der seine Untergebene begleiten wollte.

Die Verhöre von Ariane Bilgram und Sandor Livac sollen gleichzeitig beginnen.
Frau Bilgram wird durch Hauptkommissarin Forstmann, assistiert von Oberkommissar Ali Durmaz, vernommen. Die Vernehmung von Herrn Livac sollen die Kommissare Gisela Bernd und Ralf Kleinert übernehmen.

Vor dem Chefzimmer des Kommissariats K10 verabschiedete sich Melanie Forstmann, um die Verhöre von Bilgram und Livac zu organisieren und Miriam Fendt in den Raum zu schicken, wo die Befragung von Frau Dr. Sommerfeld stattfinden soll.

Torsten Haase und Lutz Waski gingen hinein, begrüßten die wartenden Staatsanwälte und entschuldigten sich für die Verspätung.

Der Kriminalrat sagte dann: „Die Mordfälle SEIFERT und BERTONI stehen kurz vor der endgültigen Aufklärung. Wir hatten eben alle damit befassten Kollegen versammelt und das hat ein paar Minuten länger gedauert.

Ich möchte gern Oberstaatsanwalt Dr. Flade umgehend informieren und bitte ihn, mir in mein Zimmer zu folgen.

Das Gespräch mit Frau Dr. Som-merfeld wird mein Kollege Waski durchführen. Dazu bitte ich die beiden, sich in unseren Verhörraum 1 zu begeben."

Hier wartete bereits Miriam Fendt.

Kommissar Waski stellte diese vor und begann: „Frau Dr. Sommerfeld: Sie wissen, worum es geht. Wir haben entschieden, unser Gespräch in diesem Raum und nicht in meinem Büro zu führen, um unseren beiden Chefs die Möglichkeit zu geben, es von außen zu verfolgen. Aber Sie kennen ja die Gepflogenheiten und als Juristin auch Ihre Rechte. Ich frage trotzdem: Wollen Sie einen Anwalt hinzuziehen?"

Dr. Sommerfeld verneinte und Lutz Waski setzte fort: „Es geht um den gewaltsamen Tod von Enrico Bertoni. Den Anfang unserer

Ermittlungen kennen Sie, bis Ihnen der Fall entzogen wurde. Ich frage: Haben Sie etwas mit dem Mord an Bertoni zu tun?"

Entrüstet wurde dies von Dr. Sommerfeld verneint und diese behauptete, den Getöteten nur flüchtig gekannt zu haben.

„Lassen wir diese Spielchen", entgegnete unwirsch der Kommissar. „Wir verfügen über Daten, die Bertoni gespeichert hat. Wenn Sie bitte einmal schauen wollen." Damit projizierte Lutz Waski folgendes Bild auf die im Raum vorhandene Leinwand:

6. Dr. Beatrice Sommerfeld; 41;
64291 Ahornpfad 7; Staatsanw.
16-3-24-500   3-4-24-400   24-4-24-500
29-5-24-400
Braucht langes Vorspiel;
28-5-24 E – Vater-Pfarrer

Nachdem sich Frau Dr. Sommerfeld von ihrer Verblüffung erholt hatte, redete Kommissar Waski weiter: „Hier sind die Daten Ihrer Besuche bei Bertoni und die von Ihnen gezahlten *Honorare* verzeichnet. Außerdem liegen uns von Ihren Besuchen Videos vor, die Sie beim Sex mit Bertoni zeigen. Sie ersparen es mir sicher, diese hier auch noch zu projizieren.

Das an Ihren Vater gerichtete Erpresserschreiben kennen wir ebenfalls, auf Wunsch kann ich es Ihnen zeigen.“

Dr. Sommerfeld wurde blass, schüttelte nur kurz den Kopf und hörte die folgenden Worte des Kommissars wie durch eine Wand, als er sagte: „Frau Dr. Sommerfeld: Ihre Behauptung, Bertoni nur flüchtig gekannt zu haben, ist ad absurdum geführt.
Die bisherige Befragung wird nun zu einer Vernehmung und aus Ihrem Status einer Zeugin wird der einer Beschuldigten. Ich frage daher nochmals: Wollen Sie einen Anwalt.“

Die Antwort lautete wiederum nein, aber Frau Dr. Sommerfeld bat um eine Pause.

Dieser Bitte wurde selbstverständlich entsprochen und Lutz Waski entschied, die Vernehmung in 30 Minuten fortzusetzen und der Beschuldigten Kaffee oder andere Getränke anzubieten. Bevor er den Raum verließ, sagte er noch: „Frau Dr. Sommerfeld, nach der Pause würde ich auch gern von Ihnen wissen wollen, aus welchem Grund Sie die alten Akten zum Fall TRAUMER aus dem Archiv geholt haben.“

32.

Freitag, 7. Juni; 9:30 Uhr

Sandor Livac war aus seiner Zelle von einem Polizisten in den Verhörraum 2 geführt worden. Dieser nahm in einer Ecke Platz. Gleich danach betraten die Kommissare Gisela Bernd und Ralf Kleinert den Raum.

Kommissar Kleinert stellte seine Kollegin und sich vor und begann: „Herr Livac, Sie werden beschuldigt, an der Ermordung von Enrico Bertoni beteiligt gewesen zu sein. Ich belehre Sie, dass Sie das Recht haben, einen Anwalt hinzuzuziehen oder auch die Aussage zu verweigern. Wenn Sie sich äußern wollen, werden Ihre Aussagen in Bild und Ton aufgezeichnet. Wie lautet Ihre Antwort?"
„Ja, ich bin bereit, Ihnen alles zu sagen, was ich zum Tod von Bertoni weiß", sagte Sandor Livac. „Ich verzichte auf einen Anwalt, möchte aber von vornherein klarstellen, dass ich Bertoni nicht umgebracht habe. Das war ganz allein Ariane, also Frau Bilgram. Ich habe Ariane geholfen, den Toten wegzubringen, weil ich der Frau, die ich liebe und mit der ich zusammenlebe, nichts abschlagen kann. Aber ich werde Ihnen die Geschichte von Anfang an erzählen.

Am 30. Mai, es war Fronleichnam, erhielt Ariane am Nachmittag einen Anruf von der Staatsanwaltschaft Darmstadt. Eine Frau Dr. Sommerfeld bat uns, sie am nächsten Tag um 10;00 Uhr aufzusuchen. Wir kannten diese Staatsanwältin von früher und haben uns gewundert, dass sie an einem Feiertag anrief. Vor etwa acht Jahren hatte sie uns zu einem Vermisstenfall befragt. Es ging um eine Frau, sie hieß Graumann oder so, aber es stellte sich schnell heraus, dass wir mit dieser Sache nichts zu tun hatten. Ich sagte noch zu Ariane: *Wollen die die alten Kamellen wieder aufwärmen?* Aber wir sind natürlich hingegangen und waren pünktlich im Büro von Frau Dr. Sommerfeld.

Sie hatte tatsächlich die alte Akte vor sich liegen, bat uns aber ganz freundlich, an einem kleinen Tisch Platz zu nehmen. Sie ließ Kaffee kommen, setzte sich zu uns und sagte dann: *Ich weiß von ihnen beiden, dass Sie als Hitwoman bzw. Hitman tätig waren, also Aufträge zur Beseitigung von Personen angenommen und ausgeführt haben. Ich kann und will Ihnen aber dazu nichts beweisen. Vielmehr möchte ich Ihnen privat einen Auftrag erteilen. Es gibt da einen üblen Erpresser, der viele Menschen ins Verderben gestürzt hat bzw. stürzen wird. Dieser muss schleunigst beseitigt werden,*

Kommissarin Bernd unterbrach: „Stimmt es
denn, dass Sie als Hitman gearbeitet haben?
Die Antwort war klar: „Dazu verweigere ich
jegliche Aussage!"

Kommissar Kleinert sah seine Kollegin miss-
billigend an und übernahm wieder: „Das steht
hier auch überhaupt nicht zur Debatte. Bitte
berichten Sie weiter über den Fall Bertoni."

Sandor Livac holte kurz Luft und begann eine
längere Rede, aus der die Kommissare Folgendes erfuhren:
Ariane Bilgram hatte den Auftrag angenommen, ein Honorar von vierzigtausend Euro
ausgehandelt und fünftausend Euro Anzahlung
erhalten. Sie erfuhr Name und Adresse der
Zielperson und wurde auch über die Möglichkeit informiert, an diese heranzukommen.
Dr. Sommerfeld wünschte dann weiter, dass
ein Verdacht auf Carola Meinert gelenkt
würde, weil sie wusste, dass diese auch
Gegenstand einer Erpressung durch Bertoni
ist. Ferner sollten ihr Bertoni`s Handy sowie
alle elektronischen Speichermedien aus dessen
Wohnung übergeben werden. Wenn dieses
erfolgt und Bertoni liquidiert sei, sollte die
Restzahlung erfolgen.

„Ariane hat sich dann als *Kundin* bei Bertoni angemeldet“, setzte Sandor Livac seine Ausführungen fort- „Sie hat ihn am Abend des 3. Juni besucht, sich von ihm verwöhnen lassen und bei der Gelegenheit alles erkundet, insbesondere auch den Zugang über die Tiefgarage.

Am Abend des 4. Juni ist Ariane wieder zu Bertoni gefahren und hat ihn umgebracht. Halb eins in der Nacht rief sie mich dann an, ich solle mit dem Transporter kommen. Diesen, einen Ford Transit hatten wir zu Beginn des Abends von einer Gärtnerei weggefahren und ihn mit falschen Kennzeichen sowie Seitenaufschriften versehen. Ich bin dann nach Kranichstein in die Alfred-Krupp-Straße 7 gefahren und habe Ariane per Handy gesagt, dass ich da sei. Sie hat die Tiefgarage geöffnet. Mit dem Lift bin ich zur 10. Etage gefahren, Ariane erwartete mich schon in der geöffneten Wohnungstür. Im Schlafzimmer lag Bertoni nackt im Bett. Ariane hatte ihn während des Liebesspiels eine Spritze mit Pentobarbital in den Hals gerammt. Sie sagte, er sei sofort tot gewesen.
Wir haben dann gemeinsam die Wohnung durchsucht und das Smartphon von Bertoni, seinen Laptop, eine externe Festplatte und drei USB-Sticks eingesammelt.

Diese Speichermedien hat Ariane am Nachmittag des 5. Juni an Frau Dr. Sommerfeld übergeben, als sich die beiden in einem Kaffee trafen. Dort hat sie auch die restlichen fünfunddreißigtausend Euro erhalten.

Zurück zur Nacht in Bertoni`s Wohnung. Es war inzwischen fast 3:00 Uhr. Wir wollten der Leiche Strümpfe und Schuhe angezogen, haben das aber nur am rechten Fuß geschafft. Dann haben wir den Toten in die Tiefgarage gebracht und in den Transporter verfrachtet. Danach sind wir nacheinander, ich mit dem Transporter voran, Ariane mit unserem Hyundai hinterher, nach Eppertshausen gefahren, zu der Adresse, die wir von Dr. Sommerfeld hatten.
Dort haben wir den Toten im Garten abgelegt und wollten sofort wieder verschwinden. Da hat der Transporter gestreikt. Wir konnten das Auto nicht in Gang setzen und mussten es stehenlassen.
Gestern Abend sind wir dann nach Hamburg gefahren, um uns per Kreuzfahrtschiff abzusetzen. Wir wollten auf den Kapverden untertauchen. Da uns Frau Dr. Sommerfeld gesagt hatte, sie könne als Staatsanwältin dafür sorgen, dass kein Verdacht auf uns fallen würde, waren wir ziemlich unbekümmert.
Nun ist doch alles ganz anders gekommen.“

Kommissar Ralf Kleinert bedankte sich für die ausführliche und aufrichtige Schilderung und sagte dann: „Herr Livac, wir lassen Sie jetzt zurück in Ihre Zelle bringen. Wenn das Protokoll dieser Vernehmung geschrieben ist, werden wir es Ihnen zur Unterschrift vorlegen. Danach werden Sie einem Haftrichter vorgeführt. Ich gehe davon aus, dass er Untersuchungshaft verfügen wird, weil man Sie mindestens wegen Beihilfe zum Mord an Enrico Bertoni anklagen wird. Aber das ist dann Sache der Staatsanwaltschaft.
Übrigens: Drei Dinge haben uns die Ermittlungen leichter gemacht.
Zum einem haben Sie beim Anbringen der Seitenaufschrift am Transporter Ihre Fingerabdrücke hinterlassen.
Dann war es ein grober Fehler, den PKW Hyunda i30 abzufackeln. Dadurch sind wir ganz schnell auf Ihren Namen gekommen.
Schließlich haben Sie bei der Durchsuchung von Bertoni's Wohnung einen Bankschließfachschlüssel übersehen, der ganz einfach zwischen vielen anderen am Schlüsselbrett neben der Eingangstür hing. In diesem Bankfach haben wir wertvolle Informationen gefunden.
Aber keine Sorge, auch ohne Ihre drei Fehler hätten wir den Fall gelöst, es hätte nur vielleicht etwas länger gedauert."

Dann wurde Sandor Luvac abgeführt.

33.

Freitag, 7. Juni; 9:40 Uhr

Im Verhörraum 3 warteten Hauptkommissarin Melanie Forstmann und ihr Kollege Oberkommissar Ali Durmaz auf Frau Ariane Bilgram. Diese wurde kurze Zeit später hereingeführt und auf ihren Platz gegenüber Kommissarin Forstmann geleitet.

Diese schaltete die Aufnahmegeräte ein und begann: „Freitag, 7. Juni 2024, 9:40 Uhr. Verhör der im Mordfall Bertoni beschuldigten Ariane Bilgram. Geburtsdaten und Wohnort sind bekannt."

An diese direkt gewandt, redet die Polizistin weiter: „Frau Bilgram, wir beschuldigen Sie, Enrico Bertoni heimtückisch ermordet zu haben. Sie haben das Recht, die Aussage zu verweigern, auch können Sie einen Anwalt Ihrer Wahl hinzuziehen. Bevor Sie sich entscheiden, möchte ich Sie darauf aufmerksam machen, dass wir über umfangreiches Material verfügen, das Sie belastet. Zum Beispiel haben wir ein Video, das am 3. 5. 21:30 Uhr aufgenommen wurde und auf dem Sie beim Sex mit Bertoni in dessen Bett zu sehen sind.

Außerdem ist Ihr Komplize Sandor Livav gerade dabei, umfangreich auszusagen. Ich frage also: Wie entscheiden Sie sich?"

Nach kurzem Nachdenken kam die Antwort: „Gut, ich werde reden und einen Anwalt brauche ich – wenn überhaupt – erst vor Gericht.

Als erstes möchte ich aber betonen, dass wir im Auftrag einer Staatsanwältin gehandelt haben. In einem Gespräch am 31. Mai um 10:00 Uhr hat uns Frau Dr. Sommerfeld beauftragt, Enrico Bertoni zu liquidieren. Wir würden damit die Welt von einem üblen Erpresser befreien und vielen Menschen großes Leid ersparen." Verbittert fügte Frau Bilgram an: „Sie hat uns zugesichert, dafür zu sorgen, dass wir nicht in Verdacht geraten. Was solche Zusicherungen deutscher Behörden Wert sind, sehen Sie hier."

„Nun mal langsam, junge Frau", mischte sich Oberkommissar Durmaz ein. „Sie wissen genauso gut wie wir, dass in Deutschland niemand – ich betone: Wirklich niemand – das Recht hat, einen Auftrag zur Tötung eines Menschen zu erteilen.
Zweitens war Staatsanwältin Dr. Sommerfeld in keiner Weise berechtigt, Sie von einer Verdachtsliste zu streichen. Jegliche Unternehmung ihrerseits wäre als *Strafvereitlung im Amt* geahndet worden.

Sie können versuchen, mit Ihren Argumentationen ein Gericht zu beeindrucken, für mich bleiben Sie eine kaltblütige Mörderin, die für immer hinter Gitter gehört."

Wohin haben Sie denn die Spritze mit dem Pentobarbital entsorgt?"

Kommissarin Forstmann ergriff wieder das Wort: „Frau Bilgram, Sie sehen, aus dieser Nummer kommen Sie nicht mehr heraus. Dazu kommt, dass wir Ihre DNA im Bett von Bertoni und an seinem Leichnam gefunden haben. Ich denke, ein umfangreiches Geständnis wäre jetzt angebracht."

Frau Bilgram verweigerte aber jegliche weitere Aussagen.

Die Kommissare warteten eine Weile und dann erklärte Melanie Forstmann: „Frau Bilgram, wir lassen Sie jetzt in Ihre Zelle zurückbringen. Später wird Ihnen das Protokoll dieser Vernehmung vorgelegt, danach werden Sie dem Haftrichter vorgeführt. Dieser wird mit Sicherheit Untersuchungshaft verhängen und vor Gericht müssen Sie dann wohl mit einer sehr, sehr langen Freiheitsstrafe rechnen. Wenn Sie Pech haben, kommt lebenslänglich heraus und es wird die besondere Schwere der Schuld festgestellt. Das würde bedeuten, dass Sie Ihr Leben hinter Gittern beenden müssen. Aber das alles ist Sache des Gerichts.

Ihr Komplize dürfte da wesentlich billiger davonkommen."

Die Kommissare wollten schon den Raum verlassen, als Frau Bilgram nochmals sprach: „Wenn ich schon lebenslang sitzen muss, so wird sich Sandor auch nicht draußen tummeln können.
Frau Dr. Sommerfeld hatte am 31. Mai die Akte *Traumer* auf dem Tisch. Ich weiß, dass Sandor von Herrn Traumer beauftragt worden war, seine Frau umzubringen.
Ich weiß auch, wie und wann er das getan hat und wo er die Leiche *entsorgt* hat. Wenn ich sage, was ich weiß, wird Sandor nicht in Freiheit über seine dämliche Geliebte, also über mich, lachen können."

„Das ist hochinteressant", zeigte sich Kommissarin Forstmann überrascht. „In den nächsten Tagen werden Kollegen von mir sich ausführlich mit Ihnen dazu unterhalten.

Ich habe übrigens noch eine Frage: Kennen Sie einen Herrn Bogdanow?"

„Ja", kam die Antwort. „Boris kenne ich ganz gut. Was ist mit ihm?"

„Wir hätten ihn gern als Zeugen in einer anderen Sache befragt", antwortete die Kommissarin. „Er ist nicht auffindbar und ist wie vom Erdboden verschwunden. Wissen Sie, wo er sein könnte?"

„Da kann ich Ihnen nicht helfen", kam es zurück. „Aber am 5.6. gegen Mittag hat Boris bei mir angerufen und wollte mir einen Auftrag erteilen. Ich sollte Enrico Bertoni aus dem Weg räumen. Ich habe ihm nur gesagt, der liegt, bzw. lag nackt und tot im Garten der Familie Meinert. Mit dieser Auskunft war Boris sehr zufrieden und er wollte mich zum Essen einladen. Danach habe ich nichts mehr von ihm gehört."

Die Kommissare fragten Frau Bilgram, ob sie sonst noch etwas sagen wolle und ob man etwas für sie tun könne.

Da dies verneint wurde, ließen sie die Beschuldigte abführen und begaben sich in das Vorzimmer von Kriminalrat Haase.

34.

Freitag, 7. Juni; 10:00 Uhr

Hauptkommissar Lutz Waski hatte sich in der Pause mit Kriminalrat Haase und Oberstaatsanwalt Dr. Flade verständigt, dass er das Verhör von Dr. Sommerfeld allein weiterführen wird, wobei Miriam Fendt weiterhin im Raum zugegen sein soll.

Waski und Fendt gingen zum Verhörraum 1, wo Frau Dr. Sommerfeld bereits auf ihrem Platz am Tisch saß. Kommissar Waski setzte sich ihr gegenüber, schaltete die Aufnahmetechnik ein und begann: „Frau Dr. Sommerfeld, haben Sie es sich überlegt, zu Ihrer Rolle im Mordfall Bertoni auszusagen?
Damit Ihnen die Entscheidung leichter fällt, komme ich auf meine vorhin gestellte Frage zurück. Nach meiner Meinung haben Sie aus den Akten TRAUMER die Namen und Adressen zweier Auftragsmörder herausgesucht. Dazu kann ich Ihnen sagen: Meine Kollegen verhören seit gut einer halben Stunde Ariane Bilgrim und Sandor Livac.
Beide wurden gestern festgenommen und *singen wie die Heidelerchen*, wie man so schön sagt.
Also: Wollen Sie reden oder von Ihrem Recht, die Aussage zu verweigern, Gebrauch machen und einen Anwalt hinzuziehen?“

Frau Dr. Sommerfeld überlegte kurz und erklärte dann, aussagen zu wollen.

Sie begann ihren Bericht: „Ich bin jetzt 42 Jahre alt, ledig und habe keine Kinder. Mein Vater ist evangelischer Pfarrer, jetzt aber im Ruhestand. Er hat mein ganzes Leben geprägt und bis heute dominiert. Er ist eine starke Persönlichkeit und absolut von sich überzeugt. So wie er das Wort Gottes verkündet, ist es richtig, wobei er in den Vorstellungen des 19. Jahrhunderts verhaftet ist. Das gilt insbesondere für seine Auffassung zur Sexualmoral und zur Rolle der Frau. Er zitierte oft aus der Bibel den Brief Paulus an die Epheser, wo es heißt: *Die Frauen seien untertan ihren Männern als dem Herrn. Denn der Mann ist des Weibes Haupt.*

Meine Mutter hat diese Rolle angenommen und ich als Mädchen, wurde entsprechend erzogen. Es war schon ein Zugeständnis meines Vaters, dass ich in einem christlichen Mädcheninternat das Abitur machen durfte. Nach seinem Willen sollte ich Theologie studieren. Hier habe ich mich erstmals durchgesetzt und Jura studiert und mit einer Promotion erfolgreich abgeschlossen.
Mit meinem Beruf als Staatsanwältin war Vater zufrieden, verlangte aber, dass ich mit aller Härte gegen Gesetzesbrecher vorgehe.

Milde, Verständnis und Güte suchte man bei ihm vergebens – eigentlich Eigenschaften, die man von einem Pfarrer erwarten würde.

Ich muss aber sagen, mein Vater hat mich auf seine Weise außerordentlich stark geliebt. Obwohl er sehr streng mit mir war, wurde ich niemals körperlich gezüchtigt. Auch ich habe ihn geliebt, tue es heute noch, und versuche, ihm alles recht zu machen.
Mit Jungen bzw. Männern durfte ich natürlich nichts anfangen. Für meinen Vater war klar, dass ich als Jungfrau eine Ehe eingehen oder als solche sterben würde.
Das wird nicht der Fall sein. Während des Studiums hatte ich für kurze Zeit einen festen Freund, aber die Beziehung war auf allen Ebenen enttäuschend.
Dann habe ich vor etwa zwei Jahren Carola Meinert kennengelernt. Wir hatten sie in einem Verfahren als Dolmetscherin für Ungarisch engagiert. Mit ihr hatte ich mich etwas angefreundet und wir waren ein paar Mal zusammen Kaffeetrinken. Dabei hat sie mich auf Enrico aufmerksam gemacht und von seiner *Therapie* geschwärmt. Ich war dann am 16. März, es war ein Sonnabend, das erste Mal bei Bertoni und musste feststellen, dass Carola nicht übertrieben hatte. Dass man als Frau solche Höhepunkte erleben konnte, war mir bis dato völlig unbekannt.

Bei meinem Besuch am 29. Mai hat Enrico dann aber sein anderes, hässliches Gesicht gezeigt. Er gab mir den an meinem Vater gerichteten Erpresserbrief zu lesen. Sie haben diesen bei den Akten. Ich weiß allerdings nicht, wie Sie das erreicht haben.

Enrico fragte, ob er den Brief abschicken soll, oder ob ich zahlen würde.

Ich war empört und wütend, habe ihn beschimpft und gedroht, ihn anzuzeigen.

Er hat nur gelacht und wörtlich gesagt: *Ich brauche dringend Geld und da muss ich euch dumme Kühe eben melken. Wenn du mich anzeigen willst, bedenke, was du verlierst.*

Mir war klar: Wenn mein Vater von der Sache erfährt, wäre das praktisch sein Todesurteil. Und meine berufliche Karriere wäre auch am Ende.

Ich habe deshalb Enrico gesagt, dass ich das Geld auftreiben könne, er müsse sich aber noch ein paar Tage gedulden. Beim nächsten Treffen, wir hatten vorher schon den 13. Juni vereinbart, würde ich es mitbringen.

Später zuhause habe ich die ganze Angelegenheit von allen Seiten betrachtet. Mir wurde klar, dass ich mich auf die Erpressung nicht einlassen durfte. Aus meiner beruflichen Erfahrung wusste ich, dass sich Erpresser kaum mit einer einmaligen Zahlung zufriedengeben. Ich konnte die Geschichte drehen und wenden, wie ich wollte, es gab nur eine Lösung: Der Erpresser Bertoni muss liquidiert werden, bevor er noch mehr Schaden anrichtet.

Aus dem Fall TRAUMER kannte ich die Namen Bilgram und Livac. Ich wusste, dass diese beiden wahrscheinlich als Hitwoman bzw. Hitman tätig waren. Aus den alten Akten erfuhr ich ihre Adresse.
Beide haben meinen Auftrag zur Beseitigung des Enrico Bertoni angenommen, und wie wir wissen, auch ausgeführt. Bevor die beiden ihr *Honorar* erhielten, haben mir beide versichert, Berton`s Wohnung gründlich durchsucht zu haben. Sein Smartphon, seinen Laptop, eine externe Festplatte sowie mehrere USB-Sticks haben sie mir übergeben. Mich würde schon interessieren, woher Sie die ganzen Daten haben.“

Kommissar Waski antwortete: „Frau Dr. Sommerfeld, zunächst danke ich für die ausführliche Darstellung. Ihnen als Juristin ist sicher klar, dass Ihr Geständnis eindeutig als Auftrag zur Tötung eines Menschen gewertet werden muss. Wir legen Ihnen nachher das Protokoll Ihrer Aussage zur Unterschrift vor und überstellen Sie dem Haftrichter. Alles weitere ist nicht mehr unsere Sache.

Zu Ihrer Frage: Unsere KTU war bei der Durchsuchung von Bertoni`s Wohnung gründlicher als Ihre gedungenen Mörder. Wir haben den Schlüssel für ein Bankschließfach gefunden, er hing ganz einfach neben der Eingangstür zwischen vielen anderen. Im Schließfach haben wir dann umfangreiches Datenmaterial gefunden, das Herr Bertoni sehr akribisch geordnet dort aufbewahrt hat.

Wenn Sie keine weiteren Fragen haben, lasse ich Sie jetzt in ihre Zelle bringen und verabschiede mich.“

35.

Freitag, 7. Juni; 12:00 Uhr

Im kleinen Besprechungszimmer des Kommissariats K10 saßen Kriminalrat Haase, Oberstaatsanwalt Dr. Flade und alle Mitarbeiter der Abteilung *Gewaltverbrechen* verstärkt durch Oberkommissar Ali Durmaz am runden Tisch zusammen.

Der Leiter des K10, Torsten Haase, ergriff das Wort: „Liebe Kolleginnen und Kollegen, die Morde an Carmen Seifert und Enrico Bertoni sind aufgeklärt, die Schuldigen sitzen in Untersuchungshaft. Ich danke euch allen für die sehr gute Arbeit, die Sie in den letzten Tagen geleistet haben. Ich bin stolz, eine so leistungsfähige und kompetente Truppe in unserm Kommissariat zu haben. Besonders loben möchte ich Hauptkommissar Lutz Waski für die umsichtige und zielgerichtete Führung der *Soko Garten*.“

Oberstaatsanwalt Dr. Flade sprach als nächster: „Auch ich möchte Ihnen allen für die gute Arbeit danken, die zur schnellen Aufklärung der beiden Mordfälle geführt hat.
Sie werden verstehen, dass ich besonders enttäuscht, ja entsetzt bin, über das Verhalten von Frau Dr. Sommerfeld. Die Anklage wird in diesem Fall nicht durch unsere Darmstädter

Staatsanwaltschaft erfolgen. Ich denke, dass wir, nach Rücksprache mit dem Gericht, die Frankfurter Kollegen bitten werden, den Fall zu übernehmen.
Ihnen wünsche ich weiterhin Erfolg und erst einmal ein ruhiges Wochenende."

Als letzter redete Lutz Waski: „Im Namen unserer gesamten Truppe bedanke ich mich für die Anerkennung, möchte aber betonen, dass ohne die hervorragende Arbeit unserer KTU es wohl kaum möglich gewesen wäre, die Fälle zu lösen, keinesfalls so rasch.

Eines ist noch offen: Wir werden in der kommenden Woche Ariane Bilgram und auch Sandor Livac zu dem alten Fall *Traumer* verhören. Vielleicht kommen wir auch da einen Schritt weiter.

Interessieren würde mich auch, ob Bogdanow gefunden werden konnte und was er aussagt.

Eine letzte Bemerkung: In genau einer Woche beginnt die Fußball-Europameisterschaft.
Für das Eröffnungsspiel wollen mein Schwiegervater und ich bei uns im Garten eine große Leinwand aufbauen. Ich lade euch schon einmal alle zum Public-Viewing zu uns nach Eppertshausen ein. Einzelheiten werden wir in den nächsten Tagen noch absprechen."

Epilog.

Freitag, 14. Juni; 18:00 Uhr

Im Garten der Familie Brenner waren die Vorbereitungen für das Public-Viewing zum Eröffnungsspiel der Fußball-Europameisterschaft nahezu abgeschlossen.

Ein Bierzelt war aufgebaut und zwei lange Tische mit entsprechenden Bänken boten reichlich Platz für alle Gäste. Die Übertagung von Bild und Ton auf eine große Leinwand und danebenstehende Boxen war ausprobiert und funktionierte reibungslos.

Zusätzlich stand auf der Terrasse ein großer Flachbildfernseher und die normalerweise vorhandenen Stühle und Tische waren durch solche aus dem Wohnbereich ergänzt.

Auch die Anlage zum Zapfen gekühlten Bieres funktionierte. Davon hatten sich die vier Männer, die mit dem Aufbau von Grillgeräten befasst waren, schon überzeugt. Die vier waren der Hausherr Werner Brenner, sein Schwiegersohn Lutz Waski sowie die Nachbarn Dr. Dieter Dreikorn und Prof. Silvio Meinert. Die beiden Letztgenannten hatten ihre Grillgeräte mitgebracht, so dass drei nahezu baugleiche, mit Propangas betriebene Geräte eingesetzt werden konnten.

Der Anstoß des Fußballspiels Deutschland – Schottland war für 21:00 Uhr angesetzt.

Zuvor wird es noch die offizielle Eröffnung der EM geben.

Zu 19:00 Uhr waren die Gäste eingeladen. Es war verabredet, dass Grillgut mitgebracht würde und wer wollte, konnte dann seine eigenen Sachen auf den Rost legen. Natürlich hatten aber Liselotte Brenner und ihre Tochter Steffi bereits Steaks und Würste eingelegt. Auch Salate waren vorbereitet, standen aber noch kühl.

Die vier Männer, alle Mitglieder des Skatklubs *Reizende Buben* kamen ins fachsimplen.

Werner Brenner sagte: „Ich mit meinen 77 Jahren bin nun schon lange im Verein, der wohl seit 1968 besteht, und kann feststellen, dass die Entwicklung in der letzten Zeit sehr positiv verlaufen ist. Das liegt zum großen Teil sicher an der engagierten Arbeit von Harald und auch Uwe, die den Verein sehr gut führen. Das Spielen macht immer wieder Spaß."

„Dem kann ich nur zustimmen", sagte sein Schwiegersohn. „Dabei lernt man seine Mitspieler auch ganz gut kennen und kann ihre Charaktereigenschaften einschätzen."

„Das ist wahr", ergänzte Professor Meinert. „Für manche scheint das Skatspiel der Hauptlebensinhalt zu sein und entsprechend verbissen gehen sie das Ganze auch an. Andere – so wie wir – betrachten es als eine sehr angenehme, auch geistig fordernde Bereicherung des täglichen Lebens.“

„Problematisch kann es werden“, steuerte Dr. Dreikorn einen Gedanken bei, „wenn cholerische Typen ihre Emotionen nicht in den Griff bekommen und Mitspieler für vermeintliche oder tatsächliche Fehler beschimpfen. Das ist zum Glück aber sehr selten geworden.“

Darin waren sich alle vier einig und prosteten sich mit ihren frisch gefüllten Biergläsern zu.

Unter großem Hallo waren inzwischen Günter Schreiber, der Leiter der MUK Gera und ehemaliger Chef von Lutz und seiner Frau Steffi, sowie Karlheinz Schwarz, der Amtsvorgänger von Lutz Waski bei der RKI, eingetroffen.
Die beiden Kriminalräte sind seit 2019 befreundet, als Lutz seinem ersten Fall[11] als Hauptkommissar zu lösen hatte.
Der Geraer Kommissar hatte original Thüringer Rostbratwürste mitgebracht, die gleich auf einem der Grillgeräte postiert wurden.
Dann wurden die Frauen begrüßt und Günter Schreiber fragte nach seinem Patensohn Tobias, dem er natürlich auch etwas mitgebracht hatte.

---

[11] Siehe: Die Tode im Abteilwald; BoD 2019

Die Kinder waren aber in der Nachbarschaft zum Spielen, aber Tobias würde bestimmt bald kommen, weil er unbedingt das Fußballspiel sehen will.

So nach und nach trafen weitere Gäste ein.

So die Kriminalisten von der RKI, zum Teil mit Angehörigen sowie Nachbarinnen und Nachbarn.

Die Frauen hatten es sich auf der Terrasse bequem gemacht, die Männer standen in der Nähe des Bierausschankes und der Grillgeräte, von denen bereits ein verlockender Duft ausging.

An einem Tisch hatten sich Günter Schreiber, Karlheinz Schwarz, Torsten Haase, Daniel Goebel und Heinz Wohlfeld, zusammengefunden.

Günter Schreiber wollte gern über die aktuellen Fälle informiert werden.

Torsten Haase nahm das Wort: „Am 5. Juni hatten wir plötzlich zwei Mordfälle auf dem Tisch. Im Garten hier zwei Häuser weiter wurde Enrico Bertoni tot aufgefunden und in Babenhausen war Carmen Seifert erschlagen worden.

Die Täter im Fall Bertoni waren Ariane Bilgram und Sandor Livac, zwei professionelle Auftragskiller. Beide sitzen in Untersuchungshaft. Die Auftraggeberin war Staatsanwältin Beatrice Sommerfeld, auch sie sitzt in U-Haft.

Bei einem Haftprüfungstermin gestern wurde eine Aussetzung der Haft bis zur Verhandlung abgelehnt. Es sollte nicht der Eindruck entstehen, dass ehemalige Kollegen bevorzugt behandelt würden.

Die Täter im Fall Seifert, Eduard Schmoller und Karlheinz Eckland, sind ebenfalls geständig und sitzen in U-Haft. Hier wird allerdings nach den Hintermännern bzw. Auftraggebern noch gefahndet, allerdings nicht mehr von uns, sondern durch das LKA, weil eine größere Sache von Industriespionage dahinterstecken könnte. Ich weiß nur, dass von Boris Bogdanow, der ein wichtiger Zeuge sein könnte, bisher jede Spur fehlt.

Besonders erfreulich ist aber, dass wir im Zuge unserer Ermittlungen einen acht Jahre alten Fall lösen konnten, der Karlheinz auch nach seiner Pensionierung noch sehr beschäftigt hat. Sandor Livac hat auch den Mord an der damals vermissten Alena Traumer gestanden. Auf Grund seiner Aussage haben wir die sterblichen Überreste dieser Frau gefunden und ihren Ehemann Fabio Traumer als Auftraggeber des Mordes festnehmen können. Er hat gestanden und sitzt auch in U-Haft.

Nach Tagen intensiver Ermittlungsarbeit waren die Fälle am 7. Juni gelöst.“

Ich kann nur sagen, meine Leute, allen voran Lutz Waski, sowie die Beamten der KTU haben ausgezeichnet Arbeit geleistet.

Günter Schreiber bemerkte noch schmunzelnd: „Ja, Lutz ist ein guter Kriminalist und ich habe ihn nur äußerst ungern aus meinem Bereich ziehen lassen.“

Inzwischen war es kurz nach 19:00 Uhr als Lutz Waski das allgemeine Stimmengewirr unterbrach und sich Gehör verschaffte:
„Liebe Freunde, Arbeitskollegen und Nachbarn, ich freue mich, dass ihr alle gekommen seid. Es gibt nämlich einen Grund zum Feiern.

Vor genau fünf Jahren sind Steffi und ich hierher nach Eppertshausen gezogen und ich habe meine Stelle bei der RKI in Darmstadt angetreten.
Wenn ich zurückblicke, kann ich wohl sagen: Es waren fünf erfolgreiche Jahre.
Darauf, und dass die kommenden Jahre ebenso gut verlaufen, möchte ich mit euch anstoßen – Prosit!“

Nachdem alle getrunken hatten, sagte Lutz noch: „Die Bratwürste, Steaks und das andere Grillgut dürften gar sein. Salate, Brot und Getränke stehen bereit. Greift bitte zu und lasst es euch schmecken. Pünktlich werden wir dann die Fernsehübertagung einschalten.“

Lutz wollte sich eben setzen, als laute Motorradgeräusche zu vernehmen waren. Der *rasende Heiko* (Dr. Heiko Bruns, der Gerichtsmediziner) stürmte herein und rief; „Ich komme hoffentlich noch rechtzeitig.
Hier habe ich etwas für die Gastgeberin", er überreichte Liselotte Brenner ein Blumenarrangement und fuhr fort: Für Lutz Waski habe ich ein Präsent zum Jubiläum," Er übergab eine Flasche Champagner und kam zum Schluss: Für die schöne Miriam habe ich eine Rose mitgebracht." Unter Beifall überreichte er diese Miriam Fendt die sie errötend entgegennahm.

Dann nahm der Abend seinen Lauf.

20:45 Uhr verstummten die Gespräche und alle schauten interessiert auf die Leinwand bzw. den Fernseher, um die Eröffnungszeremonie der Europameisterschaft zu verfolgen.

Die Spannung erreichte einen Höhepunkt, als endlich um 21:00 Uhr der Anpfiff zum Spiel Deutschland gegen Schottland ertönte.
Es dauerte dann keine zehn Minuten und der Jubel brach los. Florian Wirtz hatte das Führungstor erzielt. Die Stimmung wurde immer ausgelassener und das Halbzeitergebnis von 3 : 0 für Deutschland wurde lautstark gefeiert.

Auch mit dem Endergebnis von 5 : 1 waren alle höchst zufrieden, wobei das kuriose Gegentor der Stimmung keinen Abbruch tat.
Nach dem Abpfiff wurde weiter gesungen und gejubelt.
Lutz Waski meinte zu den Umstehenden: „Man könnte glauben, Deutschland habe soeben das Endspiel gewonnen – dabei war es aber nur das Eröffnungsspiel. Ich denke aber, wir können den weiteren Verlauf der EM mit Zuversicht und freudiger Erwartung entgegensehen.“
Damit erntete er allgemeine Zustimmung.
Die Feier nahm ihren Fortgang, bis dann weit nach Mitternacht Ruhe einkehrte.

Personen

Der Kommissar und sein Umfeld
Lutz WASKI, Kriminalhauptkommissar;
Steffi WASKI, seine Frau,
Tobias und Cosima, ihre Kinder
Werner und Lieselotte BRENNER, Steffis Eltern
Dr. Dieter DREIKORN, Nachbar;
Prof. Dr, Sivio MEINERT, Nachbar;
Carola MEINERT, seine Frau,
Tim MEINERT, sein Sohn;
Viola FREUND, Freundin von Tim;
Heiko FRIEDRICH, Freund von Tim;
Carmen SEIFERT, Exfreundin von Heiko;
Erika DOMMEL, Freundin von Erika
Silvi ARNDT, Freundin von Erika
Günter SCHREIBER, Kriminalrat aus Gera,
    ehemaliger Chef der Waskis;

Die Ermittler
Torsten HAASE, KR, Leiter des K10;
Frau SCHREIBER, seine Sekretärin;
Melanie FORSTMANN, HK.
Gisela BERND, KK;
Ralf KLEINERT, KK;
Miriam FENDT, Praktikantin;

Kerstin DEMEL, HK;
Ali DURMAZ, OK;
Tina FRITZ, KK;
Evi HAUSER, KK;

Kurt KUNZE, HK;
Norbert PRASSE, 1.HK;

Peter BAUM, OK;
Volker MATTHES, HK;
Horst PAULSEN, OK;
Uli SCHNEIDER, HK;
Ewald WINTER, HK;

Karlheinz SCHWARZ, KR I.R;

Daniel GOEBEL, 1. HK, Leiter der KTU;
Heinz WOHLFELD, HK;
Stefan RING, IT-Spezialist

DR. FLADE, Oberstaatsanwalt;
DR. Beatrice SOMMERFELD, Staatsanwältin;

Dr. Heiko BRUNS, Gerichtsmediziner:

Opfer, Täter, Verdächtige und Zeugen sowie sonstige Personen

Ariane BILGRAM;
Enrico BERTONI;
Boris BOGDANOW;
Karlheinz ECKLAND (genannt Kalle);
Pietro GREDINI
Sandor LIVAC;
Alexandro VIANETTO;
Eduard SCHMOLLER, (*Ede der Schränker*);
Alena TRAUMER;
Fabio TRAUMER, ihr Mann;

Weitere Kundinnen von Enrico

Monika REINHARD, Freundin von Carola
    Meinert;
Hildegard ELFERS;
Dorothe FRANKE;
Viola KAUFMANN;
Nicola TAUFELD;

Für die kritische Durchsicht des Manuskriptes und für zahlreiche wertvolle Hinweise bedanke ich mich bei Dr. Dieter Taubert, Weimar, meiner Wohnungsnachbarin Margot Reeg und meinem Skatfreund Stephan Klink, Dieburg.

Meiner Frau Christel danke ich besonders für das Verständnis, wenn ich viel Zeit am PC verbracht habe, sowie für die sorgfältige Korrektur des Satzmanuskriptes.

Eppertshausen im Juni 2024

G.F.

Vom gleichen Autor sind beim Verlag Books on Demand (BoD) Norderstedt erschienen:

Günter Fanghänel
Die Tote im Abteiwald
Ein Eppertshausen – Krimi
ISBN 9783739249032

Günter Fanghänel
Der Tote in der Dreieichbahn
Ein Eppertshausen – Krimi
ISBN 9783751996174

Günter Fanghänel
Die Toten beider Thomashütte
Ein Eppertshausen – Krimi
ISBN 9783754332412

Günter Fanghänel
Die Tote in Der Sauna
Ein Eppertshausen – Krimi
ISBN 783751916912

Günter Fanghänel
Ein makabrer Fund am Oschütztal-Viadukt und andere Kurzgeschichten
ISBN 78373576000